ャ文庫

おじさまの悪だくみ

斉河燈

イースト・プレス

contents

プロローグ

青空の手前でひらり、ひらりと、小さな花弁《かべん》が翻《ひるがえ》る。

いたずらに春風に煽《あお》られる桜の花を見上げていると、羽衣《はごろも》ってこのようなものかしらと咲子《さきこ》は思う。きっとそこには天に飛び立つ力というより、風を受けてうまく舞い上がるための、心構えのようなものが秘められているに違いないと。

美しく咲くのは簡単だ。ただ、咲くだけでいいのだから。

だが、美しく散ることができる花は数多くありはしない。

「こんにちは、咲子さん！」

背後から朗《ほが》らかに声をかけられ、咲子は箒《ほうき》を止めて顔を上げた。空は快晴。黒田《くろだ》家の庭は春の気配に華《はな》やぎ、名も知らぬ小鳥が行き交っている。門の外に視線を投げると、そこに紺色の小紋《こもん》姿で通り過ぎようとしている中年女性の姿を見つけた。

母がよく立ち話をしている近所の奥様だ。

「お掃除《そうじ》？　毎日精が出るわねえ」

「ええ、ごきげんよう。本日はとても良い日ですわね」

つとめて穏やかに返答し、丁寧《ていねい》なお辞儀《じぎ》をしてみせるのはここ数年の習慣だ。このとき決して歯を見せてはならないし、はしたなく大声を上げてもならない。令嬢らしく奥ゆかしげに微笑んでみせると、感心したように微笑み返される。

「咲子さんは働き者で清楚《せいそ》で立ち居振る舞いも上品で、本当に素晴らしい大和撫子《やまとなでしこ》ね。うちの娘にも見習わせたいくらいよ」

「とんでもございませんわ。わたしを見習っては、お嬢様も行き遅れてしまいましてよ」

そう謙遜《けんそん》しながらも咲子は内心、胸を撫《な》で下ろしていた。しとやかに振る舞い続けて早四年、例の噂《うわさ》はすっかり払拭《ふっしょく》されたらしい。

人の噂も七十五日とは言ったものだが、一度広まった評判は噂が沈静化しても染み付いて残るものだ。あとにその染みを残さないためには、なみなみならぬ努力が必要なのだと身をもって思い知らされた四年間だった。

(その努力も、もはや報《むく》われる気がしないのだけれど)

きっと今の自分に必要なのは、しとやかさではなく美しく散るための心構えに違いない。

なにしろ今日は咲子の二十回目の誕生日。一般家庭ならまだしも華族で議員の娘となれば、行き遅れとか行かず後家《ごけ》などと呼ばれるのは当然のことだった。

ため息ひとつ、咲子は箒を物置に片付けて玄関へ戻る。着物の袖《そで》を留《と》めていたタスキをほどき、庭で摘《つ》んだばかりの花を抱えて履物《はきもの》を脱ごうとする。

玄関の戸が叩かれたのは、そのときだった。

「どなたかおられるか」

投げかけられたのは低い声だ。父とも、義兄とも違う声。やけに芯《しん》のある響きだが、役所の人間でも訪ねてきたのだろうか。

「はい、少々お待ちくださいませ！」

すぐさま花を下足箱の上に置き、咲子は履物を履き直して振り返った。急ぎ両手で玄関の扉を開き、直後、息を呑《の》んで瞠目《どうもく》する。

「よう咲子、今日で二十歳か。見事に行き遅れたな」

後頭部に向かって軽く撫で付けた長めの散切《ざんぎ》り頭に、襟元《えりもと》を開いて着崩した三揃《みつぞろ》いの背広。男性らしい喉元に、通った鼻筋。見事なのは細からず太くもなく、無駄のない体つきだ。輪郭《りんかく》は流れるようで、全体の雰囲気がこなれていて、人を食ったふうでもある。

玄関の鴨居《かもい》にゆるりと右手をついた格好で見下ろされ、動揺せずにはいられなかった。

「な、何故、忍介《おしすけ》さまがここに……」

声が語尾へ行くに従って情けなくも震えてしまう。

無理もない。なにしろ咲子は彼を、現在この国にはいないものと考えていた。四年前、仕事で米国へ行ったきりまだ戻っていないと。てっきり自分は忘れられているに違いないと思っていたのに。

「なんだ、鳩が豆鉄砲を食ったような顔をして。良太郎《りょうたろう》から帰国したと聞いていないか?」

「……え、ええ」

「まったく、あいつは教師のくせにここぞというときにもたつきやがるな」

ふっとその顔に浮かんだのは、皮肉った口調とは不釣り合いなほど優しい笑みだ。切れ長の目尻に添えられた皺《しわ》が印象を穏やかにしているものの、昔と変わらぬ鋭さが奥にある。まるで狼のような。

志方《しかた》忍介——いみじくも維新期に貿易で財を成し、華族入りした志方家のひとり息子である——と聞いたのは初対面のときで間違いない。

十二年前の夏、叔父の良太郎が「友人を紹介したい」と連れてきたのが忍介だった。

といっても、本来紹介すべき相手は咲子ではなかった。良太郎が忍介に引き合わせようとしていたのは、政治家である咲子の父だ。咲子は当時八つだったが、応接間の方角から「そろそろ身を固めるべきだ」とか「良き実業家にパートナーは必要だ」とかいう話がかすかに聞こえていたのをぼんやりと記憶している。

要するに結婚を勧《すす》める話し合いだったのだろう。

叔父と父の説得も虚《むな》しく、彼は今現在も独身でいるわけだが。

「父上はご在宅か？」

「い……いえ、申し訳ございません。父はあいにく留守にしておりまして、帰宅は日暮れ頃になると聞いております」

本当に忍介さまなの？　幽霊ではないの？

存在そのものを疑ってしまうのは、彼が御年《おんとし》四十二を迎えても相変わらず若々しい所為《せい》だけではない。今日が『契約』の期日であり、取引相手が忍介その人だからだ。

「ではこのまま室内で待たせてもらおう。かまわないな？」

かまうもかまわないもなかった。忍介は咲子の了承を得ないまま、勝手に室内へ上がり込んでしまう。咲子は後ろからやってきた初老の女中のたつにお茶を出すよう命じると、慌てて彼のあとを追った。

「一体どのようなご用件でしょうか。父とお約束は」

足元で藍《あい》色の着物の裾《すそ》が翻る。今日は咲子の二十歳の誕生日ゆえ、シンプルな束髪《そくはつ》と合わせて年増の独身女らしく地味な格好をしたつもりだ。

「アポイントはない。だが約束ならある」

「お約束？　それはどのような」

「父上とではなく、俺とおまえでした口約束だ。今日はそれを果たしに来た」

忘れたとは言わせねェと江戸の気風を残した口調で言われ、咲子は廊下の中ほどでめまいを覚えた。約束――まさか彼はあの『契約』のことを言っているのだろうか。

覚えてくださっていたの？

袖口を握る指先が震えて、ますます目の前で起こっていることが信じられなくなる。動揺してはならないと思うのに、自分がどんな表情をしているのかすら見当もつかなかった。

「おまえが二十歳になって行き遅れていたら、俺が貰《もら》い受ける。覚えているだろう？」

「は――はい」

当然だ。

あの『契約』が成されたのは六年前。場所は鹿鳴館《ろくめいかん》……つまり現在の華族会館の回廊で、きっかけとなったのは咲子からの告白だった。妻にしてほしいと願い出て、恋文を手渡したのだ。しかし、

――地に足の着いていないガキに興味はない。俺の好みは二十歳以上の、分別《ふんべつ》ある落ち着いた大人の女だ。

当時十四だった咲子に、三十六の忍介は無情にもそう言って恋文を突き返した。初めて書いたその手紙を、彼は開封すらしてくれなかったのだ。

――諦《あきら》められません。初めてお逢《あ》いしたときからお慕《した》いしてきたのです。

食い下がったことは言うまでもない。

なにしろ恋に落ちたのは八つのとき。

当時、咲子は男児のようだと陰《かげ》で揶揄《やゆ》される日々だった。木登りを得意とするじゃじゃ馬ぶりも災《わざわ》いしたのだろうが、一番の理由は咲子の目鼻立ちがはっきりしていたせいだ。黒目のはっきりした大きな瞳に、高さのある鼻。そして口角《こうかく》の上がったふくよかな唇。外国の血が混じっているわけではないが、咲子の容貌《ようぼう》はまるで西洋人形のようだった。

いかに服装を改めようと、容姿ばかりは変えられない。周囲から異物のように扱われる毎日。どうしてこんな顔に生まれついてしまったのかと落ち込んでいたところに、忍介はさらりと咲子を美人と評した。

『西洋風の綺麗《きれい》な面立ちだ。将来はきっともっと美人になる。俺が保証してやる』

『……ほんとう？』

『ああ。今にこの国はもっと開ける。西洋の価値観が当たり前になる。俺がそんな国を作るんだ。いずれ訪れる世では咲子の容姿をからかうなんざ以ての外、誰もが美しいと見惚《みと》れて振り返るようになるだろうよ』

その後も忍介は叔父とともに黒田家へやってきて、事あるごとに咲子をお姫様のように扱ってくれた。西洋風に手の甲へ口づけるのは当たり前で、贈り物を忘れたこともない。西洋風のドレスに人形、甘いお菓子にコーヒー、手鏡に口紅、小説に外国の絵本。貿易業で栄えた志方家の人間らしい最先端の品々だ。

届けられるのはモノだけでなく、日本が開かれてゆく実感そのものだった。当たり前に新しきを是《ぜ》とする。

その先に忍介が語った未来がある。

そう思うと贈り物のどれもが少しずつ自分を一人前の淑女《しゅくじょ》にしてくれるような気がして、ゆっくりと内側から彼の色に染められてゆくように、咲子は忍介に恋をしたのだ。

一度断られたくらいで、簡単に引き下がれるわけがなかった。

——ならば、わたしが二十歳になった暁《あかつき》には貰ってやってくださいませ。

不可能に近い申し出だとわかっていた。父がいつ、咲子に縁談《えんだん》を持ってくるかわからない。忍介としてもいつ相手を見つけてしまうかわからない。

けれどまだ恋していたい。人生の支えを失いたくない。その一心だった。

——あなたが望むならきっと落ち着いた女になります。二十歳になるまで独身でおります。お考え直しいただくためなら、行かず後家にだってなる覚悟があります。ですから。

そうして粘《ねば》った末に手に入れた約束……それは口約束というには内容が明確すぎる『契約』に等しいもの。

もしも本当に咲子が二十歳まで独身で嫁に行き遅れていたら、そのときは忍介が貰い受ける。ただし姑息《こそく》な手は使いっこなし、縁談があれば真剣に相手と向き合うこと。最初から破談にするつもりで会わないこと。親が決めた結婚には逆らわないこと。その代わり忍介も独身のまま咲子の成長を待つこと。

その期限が今日。咲子の二十歳の誕生日だったのだ。

「約束の日だ。俺はおまえを妻に迎える。不服はないな？」

廊下の中ほどでふいに立ち止まって忍介は問う。

苔生《こけむ》した中庭には茶室へと斜めに敷石《しきいし》が連なり、その手前に据えられた手水鉢《ちょうずばち》の水が青空を丸く映し取っている。淡い雲がそこに流れると、水面になだらかな波紋《はもん》が広がった。

「……忍介さまこそよろしいのですか」

「どういう意味だ？」

「後悔なさいませんか。あのお約束はわたしが駄々を捏《こ》ねて、無理矢理結んでいただいたものですのに」

「男に二言はねェよ。あのときもそう言っただろ」

そう……だったかもしれない。しかしもはや思い出せない。冷静に記憶を手繰《たぐ》っている余裕など、今の咲子にあるはずがなかった。

「俺好みのいい女になったな、咲子」

肉厚の掌《てのひら》にそっと頭を撫でられると、視界がゆるく歪《ゆが》んでしまう。

――忍介さま好みのいい女に……ほんとうに？

願いが叶う日を夢見たからこそ約束を違えることなく過ごしてきたわけだが、本当に叶った瞬間を現実として予想してきたかというと……してこなかった気がする。

いや、欠片《かけら》だって想像できるわけがなかった。こんな幸運がこの世にあるなんて。

「夫婦になるにあたって、新しい約束をしようか」

奥座敷《おくざしき》に辿《たど》り着くと、忍介は立ったまま咲子の両手をとって言う。少し体を屈めて咲子と目線の高さを合わせ、誓いでもするかのように。

「俺はおまえを生涯《しょうがい》唯一の妻として、今後おまえ以外の妻を迎えはしない」

夢のような言葉だった。ただひとすじに想い続けた人が今、人生の伴侶《はんりょ》として自分を求めてくれている。

生涯たったひとりの妻として。

「だからおまえも一生に一度の結婚と思い、二夫《にふ》にまみえぬ覚悟で嫁《とつ》いで来い」

「……はい」

感極《かんきわ》まって声がつかえそうになるのを我慢しながら、咲子は重ねてはいと答える。

「仰せのとおりにいたします」

「おまえが嫁ぐ男は銀行家だ。なにより信用を必要とする。他人様に迷惑をかけないのは当然のこと、反感を買うような振る舞いや目立つ行動も慎《つつし》め。いいな？」

「はい、必ず」

頷いて握り返した両手は温かく骨太《ほねぶと》で、人生を預けるには充分すぎるほどの包容力を

持っている。この方に嫁ぐのだわ、と自分に言い聞かせてもまだ信じられない。

「そして最後にひとつ。何があっても俺の腕の中から決して逃げないこと。取り決めた約束は守り抜くこと。誓えるな」

「もちろんです。わたしが忍介さまから逃げるなんてありえませんもの」

冗談でも言われているのだろう。そう思い肩をすくめると、忍介の目は少々思うところのありそうな様子で細くなる。

「その言葉を信じよう。……逃がすつもりなどねェがな」

彼の口元に浮かんだ薄い笑みの理由を咲子はまだ知る由《よし》もない。仮に知っていたとしても同じ返答をしたに相違《そうい》ないのだが。

——今、自分が想うほど彼に想われていないことは承知している。

もしもあの日の約束がなかったならば、彼は二十以上も年の離れた自分を妻にしようなどとは考えもしなかっただろうから。

それでもいい。今はまだ片想いのままでかまわない。けれどいつか自分を妻にして良かったと言ってもらえる日が来るように、努力していきたいと思う。

「不束者《ふつつかもの》ではございますが、どうぞ幾久《いくひさ》しく」

はにかんで伝えると、ああ、と短く返答して忍介は中庭に視線を投げた。そこだけ春の日差しに満ちた中庭は、なみなみと光を溜めた水槽《すいそう》みたいだ。

手水に映り込んでいたはずの雲は咲子の位置からはもう見えない。ただ一面の青が涼やかに、波紋を広げて柔らかく揺らいだ。

＊

一週間後に両家の顔合わせ、二週間後に結納《ゆいのう》、とめまぐるしく事が運んだのは、忍介の父が病に臥《ふ》せっているという事情が大きかった。二年前に母親を亡くしている彼はせめて父親を安心させたいと考えたらしい。事情を聞き、咲子の両親も忍介に協力した格好だ。

それにしても、あまりにもとんとん拍子《びょうし》に事が運んだように思う。おかげで式当日を迎えても咲子はまだなんとなく狐につままれている気分だった。

「綺麗よ、咲子ちゃん。白無垢《しろむく》、とっても似合ってる」

化粧を終え、畳敷《たたみじ》きの部屋で鏡の前に立った咲子は落ち着かなかった。花嫁衣装に魅入《みい》られたように、姉の峰子《みねこ》が周囲をぐるぐると回っていたからだ。

「今日から別々に暮らすなんて寂しいけれど、咲子ちゃんの相手が忍介さまだと思うと嬉しいわ。ずっと、脇目《わきめ》も振らずに彼を想い続けてきたものね」

「姉さま……」

「あ、でも、わたくしのお産のときはお手伝いに来てちょうだいね。約束よ。咲子ちゃんが手を握っていてくれたら、きっと陣痛《じんつう》にも堪《た》えられると思うから」

それは夫の役割だろう。またこの姉はずれたことを言って……。だが身重《みおも》の体でそっと抱き締められ、鼻の奥がつんと痛んだ。

今年で二十四になる峰子は出産を一カ月後に控《ひか》え、母とともに家を守る佳人《かじん》だ。おっとりとして性格に少しずれた部分もあるが、落ち着きと品があり、日本人形然《ぜん》とした可憐《かれん》なたたずまいは咲子の憧れだった。

「それにしても意外だったわね。お父様がこんなにあっさり咲子ちゃんを手放すなんて。今まではどんな良縁でも、会うや会わずのうちに断ってしまっていたのに」

首を傾《かし》げる峰子の腹回りは紋付《もんつき》の色留袖《いろとめそで》に上手に隠されている。忍介と再会した日の空のような青に、花車の文様が映える、美しい留袖だ。

「だからね、わたくしはてっきり縁談はお飾りで、お父様は咲子ちゃんを一生手元に置いておきたいのだと思っていたのよ」

「……わたしも今でも信じられないの。父さま、忍介さまの顔を見るなり、ああ来たか、なんておっしゃるんだもの。最初から話ができていたみたい」

「あら、もしもそうなら咲子ちゃんに隠しておく理由なんてないでしょ。いつものように縁談があると教えてくれればいいだけだもの」

姉の指摘は、解釈《かいしゃく》こそ斜め上だが鋭かった。父は忍介がやってくることを知っているようでありながら、それを事前に咲子に話さなかった。母に対してもそうだ。まるで直前まで二の足を踏んでいたかのように。

「忍介さま、例の『契約』の話もお父様にしてくださったのでしょ？　もしかしたら、お父様も義理を通してくださったのかもしれないわ」

「そうね……でもやっぱり、待ち構えていたみたいな言い方には疑問が残るのだけど」

ひとまず良かったと思うしかないのだろう。式の日を迎えてまで蒸《む》し返す話でもない。

「ねえ咲子ちゃん」

すると姉は何故だか声をひそめる。

「あのことは大丈夫なの？　忍介さまが四年前に突然米国へ行ってしまったのは、自分のせいかもしれないと言っていたでしょう」

心配そうなその言葉が何を指しているのか、咲子にはすぐにわかった。

あれは例の『契約』を交わしてから二年後、十六歳の夏。街中でのことだ。

当時通っていたお花の稽古《けいこ》から戻る際、咲子は人ごみの中に忍介の背中を見つけた。しかし女中のたつも一緒にいたし、なにより良家の子女たるものが往来《おうらい》で男性に喜び勇んで駆け寄るなどはしたない行為だ。

あちらから自分の存在に気付いてもらえたら……と様子をうかがっていたところ、運悪く目撃してしまったのがスリの現場だった。

『お待ちなさいっ、この不届き者!!』

当時の帝都は荒れていた。華族令嬢の誘拐など、物騒な事件が相次いでいたのだ。ゆえに警官も数多く街中を巡回していた。悲鳴でも上げて助けを呼ぶべきだったと今ならば思う。

しかし被害者の老女が弾《はず》みで転倒したのを見て、咲子の堪忍袋《かんにんぶくろ》の緒は切れた。女学校では薙刀《なぎなた》の名手、棒切れ一本握りさえすれば負ける気などしなかったのだ。

『帝都《ていと》の風紀《ふうき》を乱す輩《やから》はこの咲子が許しませんっ。神妙《しんみょう》になさい!』

落ちていた竹竿《たけざお》を手に、啖呵《たんか》を切って悪漢《あっかん》を追い詰めたことは言うまでもない。そして運悪くその場面を、駆け付けてきた忍介に見事に目撃されることとなったのだ。

雷を真上からくらったような、唖然《あぜん》とした彼の表情が今でも忘れられない。きっと幻滅《げんめつ》したのだと思う。でなければあのような約束をしていた自分に一言も告げず、直後に外国へ行ってしまうなんてありえない。

「……もう二度とあんなはしたない姿は見せないつもりよ」

あの大捕物《おおとりもの》以降、咲子はいっとき烈女《れつじょ》と噂されはしたものの、心を入れ替えて二度と同じ振る舞いを見せないようにやってきた。おかげで評判もすっかり持ち直したし、今やあの出来事は父を快《こころよ》く思わない反政府の人間が流したデマだという話さえあるほどだ。

「本当かしら。毎晩、お部屋で布団《ふとん》を投げ飛ばしているのはどこの誰？」

「う……」

「ていっ、ていう掛け声はとても可愛いのよ。でも、ちゃんと布団が気を失うまでを想定して締め上げるさまはちょっと」

見透かしたような視線が痛い。

姉の言うとおり、就寝前の軽い運動はストレス発散の唯一の方法だ。布団を丸めて技をかけ、最終的には気を失う（と思われる）ところまで締め上げるのだ。今晩からあれができなくなるとして、鬱憤《うっぷん》が爆発してしまいやしないだろうか。

いいえ、なんとしても堪えなければ。

「わたし、忍介さまの理想の妻になるの。天地神明《てんちしんめい》に誓って二度とお転婆《てんば》はしないわ！」

そもそも他家に嫁ぐというのはそういう覚悟をすることだろう。

嫁ぎ先の形に我が身を慣らし、夫に従い御家《おいえ》の血筋と伝統を守り伝えてゆく。数々の小説にも書かれているように夫は『所天』なのだから、妻は旦那様の望みどおりに振る舞って然《しか》るべきなのだ。

「そうね、咲子ちゃんは頑張り屋だものね。きっと大丈夫よね」

姉は短く息を吐いたあと、思うところがありそうな様子で目線を横に流した。

「でも、わたくしはその大捕物の一件、少々疑問に思っているのだけれど」

「疑問？」

「ええ」

頷いた峰子が見つめる先にはただ白い壁がある。黒目がちの大きな瞳はその先にある何かを見通しているようだ。

「忍介さまは腕っぷしがお強くて、お若い頃から喧嘩《けんか》の仲裁《ちゅうさい》や町中の暴動を鎮めたりしていらした方でしょう。なのに咲子ちゃんの大捕物を見て幻滅なんてするものかしら」

「男性がするようなことをする女に寛容《かんよう》な男性はいないわ」

「それは一般的な男性の場合でしょ。あの忍介さまなら……よくやったと褒《ほ》めてくださりそうなものだと思うのよ。わたくしの考えすぎかもしれないけれど」

そうなのだろうか。言われてみれば確かに少々妙な気もする。だが姉の主張を真実とすると、何故自分があの日以来放っておかれたのかがわからなくなる。

——他に理由がおありなの……？

咲子が相槌《あいづち》を打ちかねていると、峰子は咲子の両手を膨《ふく》れた腹部にそっとあてがった。

「まあいいわ。この話はおしまい。ねえ、次は咲子ちゃんよ。あなたのお産のときはわたくしがお手伝いしますからね」

そう言われて、咲子ははっとした。ようやく自分が忍介の妻になるということの意味と重大さに思い至ったのだった。今晩は——忍介との初夜だ。

「わ、わたしのこの十人並のみてくれで、忍介さまは満足なさるかしら……っ」

何を言うの、と姉はすぐさま反論してくれたが咲子の血の気は引くばかりだった。胸はないわけではないけれど姉ほど立派ではない。お尻も、太ももだ。

「自信を持って。咲子ちゃんはすらりとして素敵よ。西洋人形みたいに」

そう評されて恐怖に震えた。自分が細すぎることは自覚しているのだ。剝《む》いてみたら期待はずれでがっかりしたと言われたら、一体どうすればいいのだろう。

「ちょ……ちょっと部屋へ戻ってお布団を投げてきてもいいかしら……。ひと投げしたらきっと気持ちも落ち着くと思うのよ！」

「白無垢で何を言うの！　もうっ、咲子ちゃんは忍介さまのことになると途端《とたん》に怖がりになるんだから」

ご明察《めいさつ》だ。悔《くや》しいかな、咲子は忍介に対してだけ臆病《おくびょう》になる。

峰子は呆れたように笑って、咲子の手を握ったまま言った。

「妙案《みょうあん》があるわ。そんなに心配なら、忍介さまが咲子ちゃんの体を見てしまう前に気絶させてしまえばいいのよ。得意でしょ」

「……姉さま……」

それではますます嫌われると思う。

今晩一日だけ凌《しの》げればいいという問題でもない。夫婦となれば肌を見られる可能性は毎晩のようにあるし、どちらかが人生を終えるまで続く。離縁さえされなければ。

こうなったら覚悟を決めるしかない。咲子は怖々と、けれどそれでも嬉しい気持ちで人力車に乗り、黒田家に別れを告げた。

花嫁行列が志方家に到着したのは宵《よい》の刻だ。

桜の花は盛りを過ぎていたが、夕焼けの中をはらはらと舞う花弁の美しさは、満開に引けを取らぬ見事なものだった。

1、

忍介と咲子の結婚式は志方家に神主《かんぬし》を招《まね》き、邸内で粛々《しゅくしゅく》と行われた。緊張していた咲子は儀式の内容をほとんど覚えていない。度胸はあるほうだと自負《じふ》していたのに、隣に忍介がいると思うとどぎまぎしてしまっていけなかった。だが、何をするにも忍介がどっしりとかまえていてくれたおかげで安心できたことも事実だ。

式に続いて身内だけの簡単な披露宴《ひろうえん》も滞《とどこお》りなく済み、志方家の離れでは夫婦ふたりの遅い夕食が始まる。

「すまなかったな。一生に一度の晴れの日を急がせてしまって」

浴びるほど酒を飲まされたのに、忍介の顔色は変わっていない。よほどの酒豪《しゅごう》なのだ。

彼は紋付袴を脱ぎ、風呂を済ませて鼠《ねずみ》色の浴衣姿になっている。外は肌寒いが部屋は充分に暖められており、同じく風呂上がりで浴衣姿の咲子にはやや暑い。

「のんびり花嫁衣装を仕立てる暇もなかっただろう」

「いえ！　実は白無垢は、結婚の予定もないうちから母が用意してくれていましたから。忍介さまこそ、お忙しいのに立派な式を催してくださってありがとうございました」

披露宴が幕を下ろしたのは、月が高くのぼってからだった。

そろそろお開きに、と言ったのは忍介の父だ。老齢の彼は入院先から式を見届けに来て、病院からの迎えに連れられて去っていった。結納の際は元気そうに見えたのだが、体力の限界だったらしい。

「お義父様には、お見舞いに伺って改めてお礼を申し上げたいのですが」

「そうだな。俺も明日は仕事を休むと伝えてあるから、ふたりで行こう。おまえの家と良太郎への挨拶《あいさつ》もだ」

「はい。父も母も喜びます。今日も嬉しそうでしたから……ああでも、一番興奮していらしたのは良太郎叔父さまだったかしら」

ふふ、と咲子は箸《はし》を置いて笑ってしまう。

良太郎は父の年の離れた弟で、忍介とは同い年の四十二歳の独身男だ。ふたりは同じ私塾に通う学生として知り合ったらしく、二十数年来の朋友《ほうゆう》ということになる。

しかし彼の今日の喜びようは、親友の忍介がようやく伴侶を得たからというより、姪である咲子の花嫁姿を前にしたことに由来《ゆらい》しているようだった。

「良太郎は咲子を溺愛してるからな。よほどおまえの結婚が嬉しかったと見える。祝い唄《うた》をやると言い出したときは血の気が引いたが。あいつ、勉学以外はからっきしだからな」

忌憚《きたん》ない言いぶりには、ふたりの関係が表れているようで頬が緩んでしまう。

「父も焦ってましたけれど……良太郎叔父さまのお唄、わたしは好きですよ」

「無闇《むやみ》にいい気にさせるなよ。あいつはすぐに図に乗る。まあ、そういう咲子だからこそ、良太郎は可愛くてたまらないんだろうがな」

肩を揺らして笑う忍介の手元には、自分と揃いの湯呑《ゆの》み茶碗があった。彼のものが青、咲子のものが赤だ。まさに夫婦の象徴のよう。それだけのことなのに夢見心地に拍車《はくしゃ》がかかって、胸がいっぱいになる。

「その、姉がですね、忍介さまの花婿姿があまりにもご立派でいらっしゃるから、今度の美男子コンテストに応募なさったらどうか、ですって。ほら、以前新聞社が主催したコンテストがありましたでしょう」

「おい。俺は美男子っていう年でもガラでもねぇだろ」

くっくと左の口角を上げて苦笑する顔も絵になる。この方が自分の夫なのだと思うだけで、心臓が早く打ちすぎて壊れてしまいそうだ。

ふた月前の自分に『間もなくあなたは忍介さまの妻になるのよ』と言っても信じないと思う。式が済んだ今でも信じられないくらいなのだ。

ああ、駆け出したい——咲子は湧き上がる衝動《しょうどう》をすぐに掻き消した。

だめよ、平常心でいなければ。彼の好みは地に足の着いた大人の女性なのだから。

大丈夫。烈女の噂を消すため、しとやかさは四年かけて培《つちか》ってきたはず。冷静を装って膳の上の小鉢を取ろうとしたら、その手首を唐突に摑まれて咲子は飛び上がった。

「咲子」

低く呼ばれて視線を上げ、そこに見たのは彼の真顔だ。

食べかけの食事の上に伸ばされた骨太の右手は、がっちりと咲子の左手首を捕らえて離さない。向かい合ったふたつの膳越《ぜん》しに自由を奪われ、咲子はただ動けない。

「あ、あの」

何が起きているのだろう。問いたいが、向けられている視線があまりにも熱っぽく、咄《とっ》嗟《さ》に逸らすことしかできなかった。……顔が熱い。

「……もう限界だ」

独り言のように零した忍介は、膳をぶっきらぼうに左へ押し退けて咲子の前方に迫る。え、と声を上げたとき、咲子は座布団をはみ出して畳の上へ仰向けに押し倒されていた。

「あ」

強引な動作だったが、さほど衝撃はなかった。忍介が後頭部に左手を添え、さりげなく庇ってくれたからだ。

「お、忍介さま」

「旦那さま、だ。結婚は成立したんだ。俺たちは夫婦だ。そうだろう」

彼の右手を顎《あご》に添えられ、返答の声がうわずる。

「は——はい、旦那さま」

「いい子だ。……その調子でもっと俺を安心させてくれ」

安心？　訊《たず》ねようとした声は斜めに降りてきた唇に呑み込まれる。

初めての口づけだった。

「……っ、ふ……！」

肩を跳ね上げるほど驚いてしまったのは、唇を重ねられた所為だけではない。彼の舌を口内に含ませられたからだ。接吻《せっぷん》は唇を重ねるもの——と思い込んでいた咲子は咄嗟に身を捩《よじ》った。嫌ではないが、とにかく焦ってしまって他に対処のしようがなかった。

忍介はすぐさま察したらしく、唇はあっけなく離れる。

「ああ、悪い。おまえが可愛くて、つい」

「い、いえ。驚いただけですので。その、申し訳ありません、わたし」

「大丈夫だ。固くならなくていい。口づけも初めてなのだろう」

「は、はい」

宥めるように咲子の左肩をそっとさすってくれる、力強い右手が頼もしい。それから改めて与えられた口づけは、様子を見るように触れるだけで一途に優しかった。

(忍介さま……)

角度を変えて何度も重ねられる唇。思い遣りに溢れた体温に、警戒心がとろりと溶ける。食事の最中だとか、これ以上何をするつもりなのかとか、疑問は様々ある。しかしこんなふうに心を尽くされていると、どんな言葉をかけるのも失礼にしかならない気がした。

「恥ずかしいならそのまま目を閉じていなさい」

うつ伏せに体を返されて、帯を解かれる。肩からはだけるようにして、浴衣を取り払われる。と、かんざしでひとつにまとめていた濡れ髪が顔の横へと落ちてきた。

そこから香る石鹸《せっけん》の匂いより強く、鼻をくすぐったのは若い藺草《いぐさ》の香りだ。今日の日のために畳を張り替えてくれたのかもしれない。思えば披露宴の席も畳の色が青かった。細やかな気遣いから歓迎の心が伝わってきて、胸がじんとする。

「じっとしていろ」

肌襦袢《はだじゅばん》一枚になったところで、横抱きにして連れて行かれたのは隣の部屋だ。室内は同じように暖められていたが、もといた部屋とは空間の色が異なっていた。枕元に置かれた洋風の硝子《ガラス》ランプが、室内をぼんやりと糖蜜《とうみつ》色にしてふたりを包み込む。

用意されていた布団の上に降ろされると、同時に確かめるように訊ねられた。

「怖いか」

ああ、と咲子は悟る。

すでに初夜が始まっていたことに。

怖くなどない、と毅然《きぜん》と否定したかったのだが、できなかった。

「こ……怖いのは、旦那さまをがっかりさせてしまうことです」

「俺を？」

「わたしは……年齢こそ二十歳になりましたけれど、体まで大人になったかというとそんなことはなくて。旦那さまにご満足いただけるかどうか……」

思わず零した不安は、間髪《かんはつ》を容《い》れず優しい笑みが拭《ぬぐ》い去ってくれる。

「いらぬ心配をするな。おまえに魅力が足りないなら、このように焦って事に及ぼうとはしない」

「……本当ですか」

「嘘を言ってどうする。咲子は誰より美しく成長した。一刻も早く自分のものにしたいと、俺の衝動を掻《か》き立てるほどにな」

お世辞に決まっている。忍介のことだから、そう言って安心させてくれるつもりなのだ。

しかし方便だとしても嬉しくて、咲子はどうにか口角を上げた。精一杯の勇気だった。

「言っておくが、今晩俺が落胆させられるとしたら理由はたったひとつしかない。この腕の中から、おまえに逃げられることだ。結婚前に立てた『決して逃げない』という誓い、今夜こそ全《まっと》うしてもらうぞ」

一晩中、俺が飽くまでな、と告げる唇にはうっすらと得体の知れない笑みが浮かんでいる。何かを企んでいるというより、これから起こるであろうことを見越しているような表情だった。咲子は背筋がほんのりと冷えるのを感じたが、恐ろしくは思わなかった。

小さく頷くと、微笑んだ唇が降りてきて口づけをくれた。穏やかながら欲の滲《にじ》み出た、情熱的な口づけだった。


志方家の敷地はそこだけ小高く、こんもりとした林に囲まれている。

おかげで耳に入ってくるのはささやかな葉擦れの音くらいだ。母屋のみならず俗世《ぞくせ》からも隔離《かくり》されたような離れの六畳間には、甘い吐息が小さく千切《ちぎ》れながら積もってゆく。

「……ぁ……あ、忍介……さま」

「旦那さま、だ。何度も訂正しているのに、何故すぐに戻る？」

忍介は布団にうつ伏せ、仰向けで横たわる咲子の脚の間に顔を埋めている。浴衣のままの彼に対し、すでに覆い隠すものを持たない咲子は羞恥《しゅうち》に震えるしかない。

唇を這《は》わせられているのは、脚の付け根の浅い茂みにほかならないからだ。

「も、申し訳ありません……ずっと、心の中でそう呼んでいたもの、ですから」

秘所を前後する温かな舌の感触に、戸惑いのあまり涙が滲んだ。己でさえ直視を躊躇《ためら》うような場所を覗かれ、あまつさえ舐《な》められるなんて恥ずかしくて消えてしまいそう。

けれど妻にとって旦那様は絶対だ。

そしてそれ以上に忍介の舌は心地良く、咲子に拒否の言葉を呑み込ませるだけの力を持っていた。

「心の中で俺を呼んでいた？　それは離れていた間も、と受け取っていいんだな」

「は……はい。もちろん」

咲子は幼い頃のみならず、この四年の間も事あるごとに胸の内で彼の名前を呼んでいた。嬉しいときも悲しいときも、悔しいときも、そして無事を案じるときも。一日だって忍介を忘れたことはなかった。

「ご無事に戻られる日を、どれだけ、どれだけ心待ちにしていたことか……」

たとえあの『契約』が果たされないとしても、名前を呼ぶときは幸せだった。ふたりだけで約束を交わした特別な夜を思い出すから。

八つで恋をしてから十四で告白するまでの六年間は、ただ想うばかりだったのだ。その後の六年間、かすかな望みを持っていられただけでも咲子は確かに幸せだった。

「おまえの一途さには感服する。恋文を手渡されたときはきっと、六年もあれば気が変わると思っていたのに……まさか本当に想いを貫き通すとは」

「……っ、あ」

クチクチと濡れた音が脚の付け根から聞こえる。舌全体を花弁に当てて揺らされ始めたのだ。恥ずかしいが、いいとしか言いようがなかった。

誰も知らない場所を暴《あば》かれてゆく行為の、いかに甘美なことか。

「おまえは予想以上に綺麗になった。恥じることなく、俺に見せつけるといい」

愛撫に熱心なのは口元だけではなかった。

ふたつの肉厚の掌は体の表面を穏やかに撫でている。形を確かめるような仕草《しぐさ》には、体のあちこちに小さな火をぽつぽつと灯されている気になる。胸の先端を転がしながら撫でられ、指を埋めて揉《も》まれたら、下腹部の火は徐々に延焼《えんしょう》を広げていった。

「よく濡れる……いい体だ。蜜も濃厚で、おまえらしいみずみずしい味がする」

蜜の量が増えるにつれ、秘所への口づけは深くなる。胸を摑んでいた左手は足元へ降りてゆき、割れ目を開かれ、内側を舐められて、うぶな体は素直に跳ねてしまう。

「ひ、っぁ……！」

掠《かす》められるとどうしようもなく感じる一点が、そこにはあった。全身に散らばっていた熱が下腹部に集中してゆくようで、咲子はほんの少しの怖さを覚える。

「お、しすけさま、いや、怖い」

悦《よ》いことは悦いのだ。幸福で、心地良くて、いつまでもこうしていたいと思う。

　だが、脚の付け根の一点から駆け上ってくる快感は、咲子に手綱《たづな》を取らせぬ猛烈《もうれつ》な勢いで体を翻弄《ほんろう》しようとする。今にも放り出されそうな危うい悦楽《えつらく》に、気付けばかぶりを振って訴えていた。

「こ、怖いのです……っ」

「……安心しなさい。突然歯を立てたりはしない。優しく舐めるだけだ。存分に良くしてやるから何の心配もしなくていい」

「ちが……っ、そ、そこ……忍介さまの舌が、当たっているところが」

　とにかく危うい感じがするとしか言いようがなかった。この恐怖は、肉体的に差し迫った種類の怖さだ。絶対に敵わないとわかっている相手に首根っこを掴まれているような。

　すぐさま彼の右手を胸から引き剝がそうとしたが、させてもらえなかった。割れ目を広げている左手も、そこにある粒を舐めたり吸ったりしている唇も。

「や、狂って……しまいます、こ、んな……っ」

　下腹部に集まった熱はもはや、火傷《やけど》に似た過敏な感覚をじんじんとそこに溜めている。

「狂いはしない。安心して力を抜いていろ。心地いいのだろう？」

「ですが、わたし、もう……！」

　体が腹の内から燃え上がってしまいそうだ。

　限界を告げているのに、忍介の愛撫は喜ばしげに激しくなる。左右の胸の先をわざと袂の布で擦られ、脚の付け根をいやらしく音を立ててしゃぶられていると、下腹部だけでなく胸の内まで疼《うず》いてくる。

「っは……舐め、ないで……お願い……です、から」

「痛みがないのならば身を任せていなさい。一度でも弾ければ、すぐに快感の虜《とりこ》になる」

優しく言い聞かせた唇は直後に蜜口の上へあてがわれた。溢れた蜜をそこから、粒のほうへと塗り上げる舌が熱い。

「……んぁっ、あ……あ」

「少し腰を上げるんだ。そう、膝を開いて足の裏を天井へ向けろ。処女の場所がはっきりとこの目に見えるように」

逆らう術はなかった。言われるままに、秘所を広げて彼の前へ明らかにする。

「狭く美しい……。男を知らない、清廉な入り口だ」

恥ずかしくて死んでしまいそう。

だが忍介が納得したようにそこを眺めているのを見ると、何故だか嬉しい気持ちが込み上げてくる。咲子は今にも自分で自分を見失いそうだった。彼は本当に忍介で、自分は本当に咲子だろうか。自分は本当に、彼のもとに嫁いだのだろうか。

「もうすぐおまえのすべてを知ることができる。知りたくてたまらなかった、すべてを」

恍惚《こうこつ》とした低い声は、ねっとりと肌の上に降ってきて体内へ染み込む。燃焼の糧《かて》を得て、下腹部の火が勢いを増すようだった。

きつく閉じた場所への愛撫を繰り返され、ぞくぞくした昂《たかぶ》りに全身に力がこもる。

「あぁ、っ……ん……せ、せめて手、を」

手を繋いでいてほしい。でなければ転がり落ちてしまう気がする。強《こわ》ばる体の内側で、快感だけが自由に駆け回って炎を煽っている。

手綱を欲するように伸ばした左手は、彼の前髪に触れて止まった。白いものの交じった、少し長めの黒髪に。

「咲子……」

ふいに重なった視線に、透けて見えるのは情熱だ。

花弁に接触したままの唇が、愛おしそうにもう一度咲子、と自分を呼ぶ。

「……あ……」

ああ、ここにいるのは忍介さまなのだ。

そう、はっきりと確信させられた気がした。

離れている間、約束など果たされなくともかまわないと考えた日もあった。彼さえ無事に帰国してくれさえすればいいと。

つまり長い片想いの間に、恋はひとりで完結できるものになっていたのだろう。

だが今、彼はこうして自分を愛でている。長く焦がれた人の舌が、自分の処女を欲しがっている。こんな幸福があるのかと思ったら、体の奥でぱっと鮮やかな火花が散った。

「あ、ぁああ、っ……！」

ビクンと腰が跳ね上がる。内壁が自然と収縮してひくつく。生まれて初めて知る官能だ。ひくひくとそこが震えるたびに、むせかえるような甘さが全身を満たしてゆく。

——忍介さま……。

胸の奥まで炎に包まれているようで、ただ熱くて、もう何も考えられない。

そのとき忍介の左手の指がすかさず動いた。割れ目をつと後ろへ滑り、とろけた蜜口に中指を埋めたのだ。衝撃につぐ衝撃で咲子は声も上げられないまま、彼の指を半分ほど内側へ受け入れていた。

「痛むか？」

体を持ち上げ、こちらを覗き込む顔は心配そうだ。だが、咲子にわかるのは異物感だけだった。お腹の中に何かがある、という。

「い、え」

「そうか。まだ怖いか？」

「……っぁ……いいえ……」

痛いも怖いもない。痛みも恐怖も感じてはいるのだろうが、甘い痺《しび》れがあまりに圧倒的で判別がつかない。内側に収められた指の違和感さえ、とても良いもののように感じる。

「これほど……心地いいのは、生まれて初めてで……」

「そうか。早く味わい尽くしたいのはやまやまだが、一気に奪うのも惜しいな。おまえの内側が慣れるまで少しこうしていよう」

昔語りでも聞かせようか、と言った忍介の微笑みには安堵が表れていた。よほど慎重に事を成そうとしているのだろう。大切にされていることが、触れているところからひしひしと感じられる。

指を挿れられたまま体の左側に添い寝され、真横に寄り添われて感極まってしまう。優しい体温を全身で感じ、咲子は思わず目尻に溜まっていた涙を零した。

自分はきっと、世界一幸せな恋をしたのだ。


「咲子に渡したいものがある。山ほどな」

疼くような痺れが奥から消えても、忍介の中指は咲子の狭い蜜源に留まっていた。そこを控えめに揺らしつつ、語りかける声は優しい。

「帽子に、ドレスに、下着に、宝飾品に……後先考えずに買い集めたおかげで、帰国の荷物がやたらと嵩張《かさば》った。父の貿易船、二隻《せき》に分割して乗せたくらいだ」

「っ……海の向こうでも、わたしを覚えていてくださったの、ですか」

「気にするのはそこか？」

それ以外に何があると言うのだろう。理解できず首を傾げると、おかしそうに笑って左胸の先をついばまれる。燃焼しきったはずの下腹部には、すでに新たな火が灯《とも》っていた。

「おまえの頭の中は本当に俺のことばかりだな。悪くはないが」

根元まで中指をすっかり収めた彼の左手は、甲に蜜を伝わせ、滴らせている。

下腹部を支配する初めての快楽に、咲子は戸惑いながらも身を委《ゆだ》ねていた。舐められるのも心地良かったが、内側に波を起こされるのもまた格別にいい。

「あ……ぁ……」

初夜がこんなに快いものだとは思いもしなかった。このまま良くされていたら、眠るまでに体が溶けてしまいそうだ。

「明日、俺の気が済んだら屋敷内を案内してやろう。咲子の部屋は洋館の二階にしつらえた。嫁入り道具も俺の土産も、一旦はそこへ運び込んである」

低い声は、語尾が左胸の先端とともに忍介の口の中へ戻って消える。クチュクチュとそれを吸い上げられたら、呼吸を整えたままではいられなかった。胸に蓄積した想いを吸い出されているようで、咲子はたまらない気持ちでつま先で宙をかく。

「ん……っ忍介さま……」

すると内側を揺らしていた指が、ゆっくりと前後し始めた。様子を見るように、わずかずっ……口づけをやり直してくれたときと同じだ。

「旦那様だと言っているのに……まあいい。外国風だと思えばそれもまた一興《いっきょう》か」

処女の内側は揺らして慣らしてもまだ狭く、控えめな出し入れもスムーズにはいかない。それで忍介の指は無理強いをせず、ただひたすらに咲子の内側が潤滑《じゅんかつ》になるよう、丹念《たんねん》にそこを擦ってくれた。

「おまえはどうだ？」

「ぁ……ああ……とても、いいのです……とても」

撫でられているところから形がなくなってしまいそうなほどに。

「そうじゃない。この四年、どんなことを考えて暮らしてきたのかを聞かせてほしい」

問い直されて、咲子は質問の意図を間違えていたことに気付き頬を熱くする。てっきり今の状態を訊ねられているのかと思った。

そうしている間も、骨太の中指は前後する動きをやめない。密着した内壁をもれなく刺激するように、中と外をゆったりと行き来して内側を慣らしてくれる。

「……わたしが考えておりました、のは」

今度こそ正しい答えを言おうと思ったが、容易にはできそうになかった。快感のあまり、考えが途中で拡散してしまうのだ。

「その……っ」

答えなければ。ほかならぬ旦那さまからの問いなのだから。

しかし考えようとすればするほど頭の中が空っぽになる。指を動かし続けられているせいだ。せめて返答している間だけでも止めていてくれたらいいのに、忍介の指は執拗《しつよう》なまでに咲子の内側を擦り続けている。

「どうした。ああそうか、恥ずかしくて口にできないようなことを考えていたんだな」

せめて呼吸だけでも整えようとすると、また左胸の先にしゃぶりつかれて甘い喘《あえ》ぎしか発せられなくなった。

「俺のこと、だろう？」

「は……ぁ、はあ、っ……」

「言えよ。俺のことを考えていたと。俺に抱かれる日のことしか考えられなかった、と」

「……あ、……ふ……」

息も絶え絶えで答えられない咲子を見て、忍介は焦れた様子で左の中指を奥へ進める。

望みどおりの答えを聞けないことが歯がゆくてたまらないとでも言いたげに。

同時に割れ目の間へ親指を入れられ、咲子は腰を大きく跳ね上げた。

「う、ぁあっ」

「俺に捧げるためだけに守ってきた処女だ。そうだよな、咲子」

花弁の中の粒に強い痺れが走る。舐められていたときとは比べ物にならないほど、激しい刺激だ。指を入れられている部分がもどかしい。何故だか体の奥が切なくて、内側がきゅっと収縮してしまう。

「ずっと俺の腕の中で酔いたいと……淫らに暴かれたいと考えてきた。違うか」

首すじに吹きかけられる問いには、侵略的な響きがあるように思えた。秘所だけでなく頭の中まで彼の思い通りにされているようで、咲子は素直に頷く。

「おっしゃる、とおり……です」

望みどおりの答えを得て満足したのか、忍介は褒美《ほうび》のように口づけをひとつくれる。それから浴衣の帯をほどき、前をはだけて体を置いたのは咲子の膝の間だ。

「咲子、ゆっくり呼吸をするんだ。いいか」

指を引き抜かれると、蜜に濡れたそこにはまた別のものがあてがわれた。硬く、重みのあるもの……。

何が行われようとしているのかなど、考えずともすぐにわかる。経験がなくても、この状況にいてそれを察せずにいられる二十歳はいない。

(これで本当に、忍介さまの妻に……)

緊張よりも喜びのほうが大きかった。

しかし、入れるぞ、という低い囁《ささや》きとともに蜜源に割り込んできたものの大きさに、咲子は奥歯を噛み締めずにはいられなかった。

「ふ……っ」

痛みというより、感じているのは強烈な圧迫感だ。明らかに許容量以上のものが、蜜に滑りながら入り込んでくるのがわかる。

「息を止めるな。歯を食いしばると余計に苦しくなる。楽にして力を抜くんだ」

そう言われても耐えきれない。

なにしろ侵攻は徐々に深くなる。体の芯をのぼってくるのは、とてつもない質量を持ったものだ。力んではならないと思うのに、全身は縫い糸を引くように一気に引き締まり、このままではきっと糸が切れてばらばらになってしまう。

「……ッ、く……」

逃げ出したいと一瞬思ったが、嫌ではなかった。幼い頃からずっと夢見ていた、夫婦になる瞬間なのだ。咲子は体の横で敷き布団を強く握り込み、ひたすら堪える。

その必死さを見抜いてか、忍介の右手が伸びてきて頭をそっと撫でてくれた。

「大丈夫だ。悪いようにはしない。すぐにこの痛みを忘れるほど、悦くしてやるから」

髪を梳いてくれる指先の、どんなに優しいこと。

汗ばんだ掌で頬をそっと包み込まれると、堪えきれず目尻から涙が溢れる。お情けで結婚してもらったようなものなのに、まるで本当に想われているみたいだ。

「これが欲しかったんだろう？　こうして……夫婦になりたかったのだろう」

「……はい……」

「おまえが欲しがるものならなんだって与えてやる。俺のすべてはおまえのものだ。その代わり、おまえのすべてを俺にくれ」

そう言った忍介の眉間には、わずかな皺が現れている。欲の表れか、あるいはその欲を押しとどめている理性の表れか。息も気の所為でなければ少しばかり上がっているようで、ただ触れているだけの行為の最中とは明らかに彼の様子は違っていた。

「咲子……こんなに狭かったのか……」

「ん、んぅ……ッ」

「全部挿れるぞ。奥を……一度、突かせてもらう」

体重をかけて覆い被さられると、彼のすべてが内側へと入り込んできた。行き止まりを強引に押し上げられ、許容量を超えたものを埋められて咲子の体は仰け反る。背骨が軋《きし》んでいるようだ。腹部が苦しくて、息も満足に吸えない。

それでも忍介のものは奥の奥に押し付けられ、ねじ込まれ、蜜口の周囲がぴったりと重なるまで止まらなかった。

「これがおまえの夫の形だ。わかるか」

「あ、あぁ……は、いっ……」

指で擦られて感じた部分にいっぺんに触れられている気分だ。内壁すべてを感じさせられていて、良くない部分が見つからない。

「……わ、たし、妻に……なれたの、ですよね」

押し出されるように漏れた声は、語尾を口づけに奪われる。最初に与えられたものと同じ、深い接吻だった。舌を絡める湿った音に、頭がぼうっとする。

（ようやく、この方のものに……）

夢見心地だからかもしれない。下腹部は窮屈《きゅうくつ》だが、その窮屈さが愛おしいほど嬉しい。

咲子は陶然と、敷き布団を握っていた手の力を緩める。

すると唇が離れたところで、左右の胸の膨らみをそっと摑まれた。先ほどより少し強引に先端を弾かれ、感触を愉しむように捏ね回され、瞼《まぶた》の裏にチカチカした星が散る。

「おまえの肌はどこに触れても吸い付くようで、手加減の仕方を……忘れそうになる」

けれど強引でかまわなかった。深く楔《くさび》を打ち込まれた体はもう、優しさより激しく求められることを欲していた。

「……忍介さま……旦那さま」

さらなる刺激が欲しくて、咲子は腕を伸ばし彼の首に抱きつく。背中に回ってきた腕にきつく抱き返され、その力強さにもくらくらした。

「どうした。もう、これ以上の痛みを与えることはないから安心しろ」

「っはい……ありがとう、ございます」

「……礼を言うようなことじゃないだろ。何故そんなに可愛いんだよ」

その声に浮かぶのは苦悶《くもん》の色だ。もはや余裕は欠片ほども見当たらなかった。

もっと思うがままに激しくしてくれてもいいのに、忍介はわずかばかり体を揺らす。指で慣らしたときのように、抜き差しはせず波を起こすように。

「こんなに蜜を溢れさせて……これ以上、俺を絡めとって、どうするつもりだ……」

動いてもらえるのが不思議と嬉しい。だが、求める刺激にはまだ足りない。思わず「もっと」と零すと、忍介の耳に届いたらしい。

「まだ痛むんじゃないのか。無理はしなくていい」

「いいえ……激しいのが、欲しくて……」

「ならば大きく揺さぶるぞ」

はいと咲子が頷いたと同時に屹立は浅くまで引き抜かれ、そして直後に奥の壁を突いた。

指と違うのは、周囲だけでなく奥を押し上げられる点にあった。とんとんと行き止まりを突く刺激に、咲子の腰は勝手にくねってしまう。

「んぁっ……あ、あ」

「どうだ。苦しくないか」

「……っ、いえ、……もっと、もっと揺らし、て、くださいませ」

胸の膨らみが崩れそうに揺れるのも心地いいなんて、どうかしている。けれどどこもかしこもいいばかりだ。敷布に触れる肌さえとろけそうになっている。

しかし荒っぽいようで、忍介の動きには確実な巧みさがあった。特に内側の、浅い部分にある敏感な場所を時折ふいに掠められるのがたまらなかった。

わざと期待感を煽るような触れように、咲子はみるみる高みへと追い立てられる。

「は……っ、あ……わたし、また……先ほどのように、っ」

指でされたときと同様に、気持ち良さのあまりわけがわからなくなりそうだ。刺激は欲しいけれどまだ、壊れそうなあの恐怖には勝てそうにない。

もう少しだけ待ってほしい。

そう言いたかったのだが、言葉にならなかった。上半身を持ち上げた忍介が、咲子の右手で花弁の間の粒を撫でたからだ。背筋を駆け上る強い快感に、びくびくと体を震わせて咲子は息も絶え絶えに訴える。

「ひ、っ……お、お待ち、くださ……っ」

「待つ？　先ほどもっともとねだったのはどこの誰だ」

腰を摑まえた彼の右腕に力がこもる。

「これ以上、俺が待てると思っているのか」

ほんのりと背筋を冷やすような強引さが声に表れていた。その目は獲物を前にした捕食者のものだ。やはり狼に似ていると思ったら、ゾクリとして咄嗟には答えられなかった。

「悪いが、今更加減などしてやれない。限界だ。日に日におまえは美しくなる。老いていく俺とは反対に」

「はぁっ、ぁ……」

内側を行き来する勢いが増してゆく。全身を揺さぶるようにされ、一瞬にして枕にしがみついていることしかできなくなる。

「やっ……あ……！」

「……ッたまらない。おまえの処女を、本当に奪っているかと、思うと」

「あ、あぁ……っ、もう、中が……っ、こんな、何度も、だ、め」

脚の付け根の粒と敏感な内壁、両方を執拗に弄《いじ》られて平気でいられるわけがない。また、あっけなく弾けて頭が真っ白になってしまう。

「んぁ……あ、また、達して、しまっ……」

びくびくと内側が痙攣《けいれん》している。快感はたっぷりと咲子の体に染み渡り、全身がふやけてしまいそうだ。彼のものに欲望のままに吸い付いて、淫らに快感を貪《むさぼ》ってしまっている自覚はある。恥ずかしいと思うのに、止める手段がわからない。

「ああ、絡みついて離れない……健気《けなげ》すぎて、めちゃくちゃにかき混ぜてやりたくなる」

「い、や……っこれ以上は」

「もっと……もっと俺を欲しがれよ。欲しいだけ、いくらでも与えてやるから」

　腰を跳ね上げながらかぶりを振る咲子の中を、忍介は前後して堪能《たんのう》する。一度目より激しい快感に、内側の痙攣は長く続いていた。切ないくらいの愉悦《ゆえつ》が下腹部を支配している。

「だめ……っこんな……おかしくなってしまいます……っ」

「何度でも悦くなれ。我を失うほどよがったってかまわない。遠慮はいらない」

「や、いや」

　連続して弾けてしまったらどうなるのかわからない。今以上に、はしたなく快楽に夢中になってしまいそうで怖い。必死になって彼の肩を押し返そうとすると、その手を捕まえて顔の横で押さえつけられてしまう。

「拒否はさせない」

　降ってきたのは低い声だ。

「一度や二度で音を上げるなよ。こうなることは承知の上で、おまえは俺の妻になりたいと願ったんだろう」

「……え」

　わけがわからず見上げると、彼のほうは当たり前の顔をしている。咲子の反応がまったく理解できないといったふうだ。

「噂なら知っているはずだ。俺がどうしていつまでも独身でいたのか」

「うわさ……？」

「俺の性欲は通常より強いらしい。一晩中、じっくりと執拗に抱き続けなければ体が静まらない。それを知っているから周囲の女は気安く寄って来ない。そういう噂だ」

何を言われているのだろう。朦朧《もうろう》とした頭では理解できない、というより、理解したくなかったのかもしれない。

「この腕の中で存分に酔うといい。酩酊するほど与えてやる……快楽も、迸りもな」

重低音の囁きには、宴で酌《く》み交わされた日本酒の匂いがかすかに混じっている。すでに全身には酔いが回っていたが、そこにさらなるアルコールを与えられたようで、咲子はぐつぐつと奥を混ぜられながらついに三度目の到達を迎えた。


それから一体、何度弾けさせせられたことだろう。

「お、しすけさま……お許しくださ……、も、ぅ」

「だめだ。まだ与えきっていない。おまえの中も……こんなにうねってまだ欲しがっているじゃないか」

「だ……って、達している、のが、ずっと続いて止まらなく、て……」

明け方を迎え、空が白み始めても初夜に終わりは見えなかった。張り詰めたものに内側を満たされたまま、咲子は掠れた声で懇願する。

「気持ちが、良すぎて……許し……ど……うか……」

両胸の膨らみを包む両手は、皮膚と完全に同化してしまっているよう。揉まれるたびに心地良さがまた染み出してきて切ないくらいなのに、払いのける気力もない。暗いうちに幾度かまどろみもしたが、その間に忍介のものが内側から完全に抜かれた様子はなかった。

つまり彼は一晩中、咲子の中に居続けているのだ。

揺さぶられては目を覚まし、また達しては気を失うようにしてまどろみ……そのようなことを繰り返して夜明けに至る事実を、どう考えたら良いのか咲子にはわからなかった。

初夜だからこうなのだろうか。それとも、毎晩この調子なのだろうか。他の夫婦は、一晩で何度くらいするものなの？

なんにせよ、もう苦しい。

緩慢《かんまん》に身をよじって布団から這い出ようとすれば、摑まえられて引き戻される。

「どこへ行くつもりだ。逃げないと誓った、あの言葉は偽りだったのか」

もちろん嘘を言おうと思ってそう言ったわけではない。あのときは本気で逃げる気など起きないと思っていた。こんな事態を想定していなかっただけだ。

「なあ、咲子。一生、逃げずに俺の側にいるよな」

「んぅ、……あ……っ」

「毎晩こうして、溢れるほどここに注がれるのがおまえの喜びだ……そうだろ」

ぐっと深くまで屹立を埋め直されると、接続部からぬるい液体が溢れた。

初めて彼の熱を受け止めたのは、三度目に弾けたときだ。意識を手放す直前だったと記憶している。

奥の奥に押し付けて吐き出されたそれは、ようやく事が済んだのだと咲子を一旦安心させたのだが、ほどなくして早計だったことに気付かされた。

体の揺れに気付いて目が覚めたからだ。

どれだけ眠っていたのかわからないが、そのとき忍介はまだ咲子を抱いていた。

変わらず丁寧に、そして渇望《かつぼう》するような激しさと情熱を失わぬまま。

――まだだ。まだおまえのすべてを知れていない。

咲子が許してと懇願するたびに、忍介はそう言って行為を続けた。幾度も繰り返し、咲子の中に欲を吐き出した。

しかし、どれほど許しを乞うても咲子が完全に脚を閉じて彼を追い出してしまわなかったのは、彼が旦那様であるとか、初夜であるとか、彼が『契約』を反古にしなかった前提があるためだけではなかった。

意識が朦朧としてきても、ずっと幸福だったから。そして与えられる快感があまりにも鮮やかだったからだ。

一晩中広げられていたら痛みそうなものなのに、咲子の内側を満たしているのは常に心

地良さしかなかった。

迸りを何度も受け止めて、内壁が潤滑さを失わずにいた所為もあるかもしれない。

忍介の行為はあらゆる場面において、咲子の快楽を優先させるものだった。回数を重ねても、その丁寧さと優しさは少しも失われなかった。

「覚悟を決めろよ……おまえは俺の妻だ。俺だけの」

障子越しに朝日が射し込んでもなお、大切そうに咲子を抱き締める腕は緩まない。

「やっと手に入った。奥まで、すべてを知れた。この四年が……どれだけ長かったか」

「んぅ……っ……」

「誰にも渡さない。毎夜決して逃がしはしない。この先、……一生な」

いつの間にか、狂おしいほど激情的に体中をまさぐる手が愛しいものになっていた。逃げたいのに逃げたくない、相反する気持ちの狭間で咲子は彷徨《さまよ》う。

——とんでもない方と夫婦になってしまった。

困惑する気持ちはある。夜ごとこれでは体が保たない。なのに、幸せは濃くなるばかりで少しも薄くなってはくれない。

「咲子……俺の可愛い咲子」

眩しい朝日の中でうわごとのような声を聞いていると、達したわけでもないのに意識がふっと遠のいた。体はなおも忍介に繋がれていたが、もはや喘ぐ体力さえ残されていなかった。呼吸さえ甘く感じて、体が表面から溶けていきそう。
布団を投げる気にもならない。それだけは今、心から良かったと思えた。

2、

ほんのひとときのうたたねから戻ると、朝風呂が用意されていた。身を清めなければ到底日常生活に戻れない状態になることを、最初から見越していたかのように。

（……気持ちいい……ちょっと脚の間が沁《し》みるけれど……）

朝からなみなみと溜めた湯に浸《つ》かれるとは贅沢《ぜいたく》の極みだ。のんびり堪能したいのはやまやまだったが、旦那様に朝食を待たせるわけにはいかない。手早く入浴を済ませて浴室を出ると、着替えとして用意されていたのは洋装だった。

社交界で身に着けるような豪華なドレスとは違う。

襟《えり》が高く、胸元に細かいボタンが並んだ品のいいワンピースだ。袖口も日常生活に邪魔にならない形で、控えめな藤色が既婚女性らしくていい。

きっと忍介が用意してくれたものだろう。昨夜話していたお土産かもしれない。

袖を通すと、咲子は女中に連れられて洋館にある食堂へ向かった。

「おはようございます、忍介さま。このお洋服、もしかして忍介さまが選んでくださったものですか」

「ああ、米国土産のひとつだ。思った通り藤色がよく似合うな」

「本当ですか！　ありがとうございます。嬉しいです」

「さあ、早くそこへ座れ。朝飯にしよう」

仕立ての良い黄蘗《きはだ》色の背広に身を包んだ彼は、涼しい顔をしてテーブルの奥の席についている。睡眠時間は咲子より短かったに違いないのに、疲れている様子がまったくない。

今朝までの出来事は夢だったのかしら。そう疑わざるを得ない状況だったが、下腹部に残された熱がすべてを物語っていた。

まだ彼に繋がれているような、奥を押し広げられているような感覚……。

「どうした、咲子。朝はこれより米のほうが良かったか？」

これ、と表現されたのは、目の前に並べられた朝食のことだろう。両面焼いたベーコンエッグにトースト、そして温かいコーヒー。揃いの洋食器に盛りつけられたそれらは、米国帰りの忍介の好みに合わせて用意されたものに違いない。

「いいえ！　美味しそうです。いただきます」

黒田家でも、父がお雇い外国人を招いた翌日は同じような朝食が並んだものだった。実家での日々をどこか遠くに感じつつ、咲子は席についてフォークとナイフを手に取る。

格子窓の向こうに見えるのはテラス、そして広大な庭だ。芝生《しばふ》がきらきらと光るのは綺麗だが、寝不足の目には少々痛かった。

(夕べの、忍介さまの話……)

卵の白身を口に運びながら咲子は回想する。

いつまでも独身でいたのは性欲が強い所為、という彼の言い分は間違いなく事実だろう。身をもって経験した今、疑いを差し挟む余地はない。

きっと忍介は二十歳になるまで独り身を貫いた咲子の想いの強さに触れ、これならどんなにしつこく抱いても拒否しないと踏んだのだ。だから妻にしてくれた。

彼が六年前の約束を守ってくれた理由。

それは単純に、都合が良かったからだ。

かと言ってこの結婚に嫌気がさすということは咲子に限ってなかった。必要とされる理由がひとつはあるのだし、却って幸せな状況にいると前向きに思う。しかしそれで充分と言い切ってしまうには、十二年の片想いは重すぎた。

——どうしたら振り向いてくださるのかしら。どうしたら、わたしの想いと同じくらいに想い返していただける?

正面に視線を向けると、カップをソーサーに置いた彼と目が合ってどきっとする。彼は食事の手を止め、いつの間にかこちらをじっと見つめていた。

「え、あのっ、な、何か？」

「いや。本当に嫁に貰ったんだと思ってな」

まさか後悔しているのだろうか。咲子は不安になったが、忍介の顔に浮かぶのは優しい微笑みばかりだ。満足げにこちらを見つめたまま、穏やかな声で語りかけてくれる。

「咲子、気になることがあれば気兼ねなく言えよ。ここはもう、おまえの家なんだ。遠慮はいらないからな」

目尻に現れる、薄い布に寄せたような細い皺。長い年月、こうして笑ってきた証ともいうべき跡だ。そんな笑顔が今、自分だけに向けられている。

これ以上の贅沢なんてないわ、と思ったら頬が熱くてたまらなくなってしまった。やはりどんなことが起きたって、忍介への恋は冷めようがない。

＊

屋敷中をひととおり案内してもらっている間に、太陽はずいぶんと高い位置までのぼってしまった。慌てて髪を結い、帽子をかぶって二人乗りの人力車で屋敷を出る。

川沿いを走り始めると、忍介は手元の懐中時計を覗き込みながら言った。

「悪い、咲子。父の見舞いの前に一件、仕事の用事を済ませてもいいか」

どうやら大口の取引相手が、これから通りかかる場所にいる時間帯らしい。無視して通り過ぎるわけにはいかないそうだ。

「はい、もちろんです。あ、でしたらわたし、その間に御挨拶回りのためのお菓子を調達しておきましょうか」

「いや、おまえは絶対にひとりで勝手にうろつくな。一郎を置いていくから、車の上でじっとしていろ。いいな」

一郎は忍介の専属として雇われている車夫で、今まさにふたりの前で人力車を引いている。背中だけ見ていても筋肉質だとはっきりわかり、頼りがいがありそうな男だと思えた。

「わかりました。……ところでその、取引先とおっしゃいますと？」

夫の仕事に口を出してはならないことは、もちろん承知している。結婚前に母からもきつく言い聞かせられて来た。しかし元来好奇心旺盛な咲子は、銀行が取引する相手がどのようなものなのかを知りたくて、問わずにはいられなかった。

「ああ、イギリスのとある商会だ。横浜の商店がそこの商品を輸入してさばきたいと言うから、間を取り持っているんだが」

「銀行が間に入るのですか？　会社同士の取引の？」

そうだ、と忍介は言って左隣にいる咲子のほうへ体を少し傾けた。

「銀行は企業が新規事業を始めるときなどに資金を貸し付けている。そこに利息《りそく》をつけて返してもらって利益を得ている。これはわかるな？」

「はい」

「だが、ただ黙って見ているだけでは優良な新規事業は始まらない。言語の通じない相手と取引しようとするならば、なおのことだ。そこで銀行が仲立ちをする。こんな企業があるがパートナーとしてどうかと紹介し、新規事業の立ち上げを手助けするんだ」

そこまで聞いて、咲子の唇からは感嘆のため息が漏れた。この帝都において、忍介がそんな役割まで担っていたとは思いもしなかった。

「わたしはてっきり、銀行というのはお金を貸し借りするだけの場所かと……」

「単なる金貸しと銀行は違う。俺はもっと開かれた日本が見たい。新しき日本を作りたい。だから海外との取引も積極的に紹介する。そのためにも、顧客からの信用が必要なんだ」

右隣に座る彼の横顔は、道の先よりもっとずっと先を見据えている。誇らしげな瞳は凛々《りり》しく、頼もしい。

咲子はそんな忍介に見惚れながらも、身が引き締まる気分だった。そういえば結婚前にもそのようなことを聞いた。他人様に迷惑をかけないのは当然のこと、反感を買うような振る舞いや目立つ行動も慎めと。

単に銀行を守るためではなかったのだ。開かれた国を作るため。彼の志《こころざし》のため。

このままではいけない。妻として、彼の仕事内容を勉強しきちんと理解していかなければ。ただ家を守り、家事仕事をするだけの役割なら使用人にだって可能なのだから。

「じゃあ、ここで待っていろ。勝手にうろつくなよ。一郎、くれぐれも咲子を頼んだぞ」

街中へ辿り着くと、忍介はそう言って一郎と目を合わせた。意味深な、そして厳しさのある視線だった。それから一郎がしっかり頷くのを待って、周囲をぐるりと確認するように見渡す。四方を眺め終えてから車を離れ、ようやく煉瓦造りのビルへと消えていく。

何をそんなに警戒しているのか。後ろめたい場所へ出向くわけではないだろうに。疑問には思ったが、訊ねている時間はなかった。

街灯の手前、停車した人力車の上にひとりで残された咲子は暇を持て余してしまう。退屈凌ぎに一郎に話しかけたりもしてみたが、朴訥《ぼくとつ》とした車夫とお嬢様育ちの咲子の会話が盛り上がるはずはなかった。

二、三、話したところであっけなく降りてきた沈黙に、咲子は諦めて街中を見渡す。行き交う人力車に、馬車、手押し車。そして洋装と和装が入り交じった人ごみ。遠くから聞こえてくるのは芝居小屋の呼び込みの声だろうか。いくつもの建物の屋根の向こうには、色とりどりののぼりが見えて目も耳も楽しい。

これまで、ひとりで出歩いた経験はほとんどなかった。

常に姉と女中のたつが一緒だったたし、例のスリを遣り込めた事件以来、極力出歩くのは自粛してきた。烈女の評判が消えるまではと我慢していたのだ。

——きっと、籠ってばかりいたから布団を投げずにはいられなかったのだわ。

元来、屋外での活動を好んでいた自分は室内だけの暮らしをすることで鬱憤を溜めてしまったのだ。これからは忍介を誘ってふたりで出掛けてもらうようにしよう。そんなことを想像して心躍らせていると、前方に不審な動きをする黒い背広の背中を見つけた。

「スミマセン……スミマセン！」

背の高い帽子のすそから覗いているのは金色の髪だ。癖のある、少し長めの金髪。顔立ちは彫りが深く、高い鼻と青い目がいかにも異質で目立っている。

遠目には忍介と同年代の男性に見えるが、西洋人は日本人と比べ年齢より歳上であることが多いからはっきりそうとは言い切れない。

（……もしかして）

道に迷っているのかしら、と思ったのは男性が紙切れを手に右往左往していたからだ。

しかし道ゆく人はいくら彼が日本語で声をかけても立ち止まらない。恐らく容姿のせいで言語が通じないと思われているのだ。

すぐにでも駆けていって助けたくてたまらなかった。

咲子には、自宅に招かれたお雇い外国人を相手に覚えた英会話のスキルがあった。難しい単語はわからないが、日常会話くらいはできる。きっと力になれると思う。

だが、忍介からは決して車から降りるなと言い付けられている。ああでも――と煩悶《はんもん》する咲子の脳裏には幼い頃の出来事が蘇《よみがえ》る。

近所の男の子たちに、顔立ちを男のようだとからかわれていたときのことだ。自分は女だとか、女らしい舞だってできるのだとか、何を言っても取り合ってもらえず日々悔しい思いをしていた。

そのときの自分と、どうしても重なって見えてしまう。

うずうずしていると、男性の脇へ馬車が近づいてくるのが見えた。車輪の先には茶色い水たまりがある。街中でも細い路地は石畳で舗装されていない場所がままあるから、ああいった凹凸《おうとつ》はよく見かけるのだ。

危ない、と思ったとき、跳ねた泥水はすでに男性の体へと激しく飛び散っていた。

――もうっ、見ていられない！

咲子はついに立ち上がり、手提げからハンカチを出しつつ人力車を飛び降りる。慌てて引き留めようとする一郎の声は聞こえないふりをして、男性に駆け寄った。

「大丈夫ですか！」

使った言語は英語だった。

すると男性はやはり道に迷っていたらしい。日本語も少しはわかるようだが、母国語を耳にしてほっとしたのか、泣きそうな顔を見せた。

「良かった……ありがとう、お嬢さん」

「こちらこそ、英語圏の方で良かったです。フランス語やドイツ語だったりしたら、それこそわたし、挨拶くらいしかできませんもの」

咲子はハンカチで丁寧に男性の背広を拭くと、渋い顔をしている一郎に彼の地図を見るように頼んだ。車夫ならば当然道にも詳しい。きっと目的地までの行き方もわかるだろうと踏んだのだ。

一郎がしぶしぶ教えてくれた道筋を通訳して伝えると、男性はたどたどしい日本語でありがとうと言ってくれた。

「申し遅れましたが、私はゴールドスミスと申します。お嬢さんのお名前は？」

「わたしはサキコ・クロダ……いえ、シカタです。サキコ・シカタと申します」

差し出された手を取ろうとすると、何故だかすぐ近くを通りかかったハンチング帽の男がぎょっとした。まるで手を握った拍子に咲子がそのまま連れ去られてしまうことを心配したかのように。

握手を知らないわけでもないだろうに、何をそんなに慌てているのだろう。違和感を覚えつつも、異人を見慣れていない人間に違いないと咲子はなんとなく自分を納得させた。

「シカタ……？　お嬢さん、もしかしてオシスケの妹さんですか」

ゴールドスミスにそう問われ、咲子は驚いた。

「いえ、妻です。昨日結婚したんです。主人のお知り合いでいらしたんですね」

なんて奇遇なのだろう。いや、外国企業と日本企業を結びつけている忍介ならば、外国人に知り合いが多いのは当たり前か。

「おお、奥様にお嬢さんとは失礼を申しました。……しかし、式を挙げたなら何故私を呼んでくれなかったんだ、オシスケは」

「その、申し訳ありません。家族と親戚だけの小さな式でしたから」

「ほう。こんなに可愛いパートナーを披露しないなんて勿体ない」

彼はそう言って理解できないと言いたげな仕草をした。忍介の父が病床にあり、それで式を急いだのだということは自分の一存では打ち明けないほうがいいだろう。何が彼の足を引っ張るかわからない。

「またお困りのことがあればいつでもお声掛けください。屋敷にもいらしてくださいませね。主人が留守にしていても、わたしが少しは言葉もわかりますから」

「本当にありがとう。必ずお礼に伺います。必ず」

「いいえ、困ったときはお互いさまです。お礼などお気になさらず、どうぞお気をつけて、ゴールドスミスさん！」

まさか初めて妻と名乗る相手が外国の方になるとは思わなかった。だが、口に出してみてやっと決まった覚悟もあるようで、すがすがしい気分だった。

――志方……そうね、わたし、志方咲子になったんだわ。

そしてもうこの先は黒田の姓を名乗ることはない。なんて幸せなの！

「おい、何をやっているんだ咲子！」

戻ってきた忍介に一喝《いっかつ》される羽目《はめ》にはなったが。

＊

「俺が言ったことを聞いていなかったのか」

「も……申し訳ございません……」

「もっと行動を慎め。令嬢が誘拐される事件だってあとを絶たないんだぞ」

そんな出来事もあるにはあったが、忍介が米国へ旅立つ前の話だ。華族令嬢の連続誘拐事件――最も猛威《もうい》を振るっていたのは咲子がスリを追い詰めた頃だったか。

しかし咲子はもう令嬢ではなく人妻だ。簡単に略取《りゃくしゅ》されるほど弱々しくもないと思う。

とはいえ言い逃れに繋がるような台詞は、今は言うべき立場にないと承知している。

「以後、気をつけます……」

肩を落として膝の上で両手を握り締めると、座卓《ざたく》の向こうから明るい声がした。

「まあまあ。そのへんで許してやってくれよ、忍介」

宥めるように言ったのは、咲子の叔父の良太郎だ。つぎはぎだらけの灰色の着流しに、白髪交じりの適当な散切り頭と猫背。遠くからでも一目で彼とわかる特徴だ。兄である父も、このずぼらさについてはもはや改善の余地なしと諦めているらしい。結婚を急かす言葉も近頃はとんと聞かなくなった。

「咲子も反省しているじゃないか。それに、咲子がしたのは人助けだ。情けは人の為ならず、今日の人助けがいつ巡り巡って彼女を助けるかわからないぜ？」

「これは夫婦の問題だ。良太郎が横から口出しするな」

「だったらぼくの家でやらないでくれよ。ま、忍介のことだからこれも計算なんだろうがね。おおかた、咲子に甘いぼくに自分を止めさせる心算《しんさん》だったんだろ」

忍介の父を見舞い、咲子の両親にお礼の挨拶を済ませたその足で、ふたりは良太郎の自宅へ足を運んでいた。

叔父は、住まいであるこの屋敷と同じ敷地内で政治家を目指す者のために『政治経済塾』を開いている。他所で指南する日を除けば彼がほぼ年中ここにいることを、咲子も忍介もよく知っている。

「本当は小煩《こうるさ》い説教なんてして、咲子に嫌われたくないくせに。素直じゃないね」

「……るせェ。余計なことを言うな」

むっとして頬杖《ほおづえ》をつく忍介にからから笑ってみせる良太郎は、大物だと咲子は思う。忍介にこんな態度で接している人間を他には見たことがない。と言っても、忍介の友人を咲子は他に何人も知っているわけではないのだが。

「言うなと言われると言いたくなるのがぼくの性分なんだ。よし咲子、結婚祝いに忍介の秘密をひとつ教えてあげよう」

良太郎は右ひざを立ててそこに肘《ひじ》を引っかけると、目をちょっと細めて訳知り顔になる。

「咲子が二十歳までお嫁に行き遅れたのは忍介の所為なんだよ」

「……え」

もしや、約束を守ってずっと独り身でいた件を言っているのだろうか。だがそれは咲子にとって秘密でもなんでもなく、承知していたことだ。どういうことかと聞き返そうとすると、おい、と腰を浮かせた忍介に右から止めに入られる。

「やめろ。それは咲子には言わない約束――」

「だっけ？　もう忘れたね」

江戸っぽさを残す口跡《こうせき》のよさはふたりに共通するものだが、良太郎の口調はより軽妙で逃げるのがうまいといった感じだ。

「あのね咲子、きみと他の男との縁談が、全部破談になるように仕向けたのは忍介だから。きみに問題があったとか、きみの父親が渋っていたわけじゃない」

「え、え？」

「良太郎！」

忍介のその狼狽《ろうばい》ぶりには、良太郎の言葉が嘘ではないと咲子に思わせるだけの説得力があった。見合いを阻止しただなんて、どうして……どうやって？　わけがわからずただ見つめていると、彼の顔はみるみる苦りきる。

気まずそうに他所を向いてため息をつく姿に、滲んで見えるのは困惑だろうか。

「どういう……ことですか」

戸惑いながらの問いに、応えたのは良太郎だった。

「つまりさ、忍介は米国にいながら、日本の知り合いに頼んで咲子の見合いを片っ端から阻止してたってわけ。さりげなく咲子の父親の耳に破談にしたくなるような噂を届けるように工作したりしてね」

「う……うそ」

「だったら良かったんだけどねえ。ぼくも何度か関わったから事実だよ」

ふたたび右に視線をやると、忍介と目が合ってすぐに逸らされる。弱ったような横顔。信じ難いが、偽りではないようだ。

何故そのようなことを。

「忍介さま……？」

咲子が忍介を呼ぶと、責めようとしているように見えたのかもしれない。慌てた様子で良太郎が口を挟んだ。

「あ、でも、忍介の名誉のために言っておくと、忍介も闇雲に縁談を阻止していたわけじゃないいんだ。実際、破談になったやつらにはぼくの可愛い咲子を妻にするには欠陥があったし、そうとわかったからぼくも協力したんだよ」

どう受け止めたらいいのだろう。護られていたのか、囲われていたのか……理由はやはり、夜の相手として好都合だから、だろうか。

なんにせよ彼が結婚を意識してくれていたことは確かだ。もう何年も前から。

少しは想い返してもらえる可能性があると考えていいのだろうか。いいえ、そこまでは自意識過剰というものだろう。とはいえ咲子はどぎまぎする気持ちを抑えきれず、手慰みに卓上の湯呑み茶碗を口に運んだ。

「……この野郎、覚えてろよ良太郎。俺が半年前に帰国した件は咲子に黙っていたくせに、余計なことはぺらぺらと喋りやがって」

「そりゃ、もしもきみが帰国しても自分に逢いに来ないと知ったら咲子が傷つくからさ。ぼくは咲子を護ったんだ。感謝してもらいたいね」

そう言う良太郎は、咲子が八つの頃に忍介に結婚しろと勧めておきながら未だに身を固める気配がない。何故独身のままでいるのか、不思議に思って父に訊ねたことがあった。

返ってきたのは、人にはそれぞれ信念があるんだよ、という抽象的な一言だけ。

きっと叔父は叔父で開かれた国を作るために、忍介とはまた別の仕事を担っているのだと今は思う。でなければ、一途に想う人でもいるのか——。

「あのな。言っておくが、俺だって帰国してから半年、ただ無為《むい》に咲子を放っておいたわけじゃない。父から引き継いだ銀行を安定させるために奔走《ほんそう》していただけだ」

「はいはい。だけど、いつだってぼくは咲子の幸せが最優先だ。生まれたての咲子を腕に抱いたときから、彼女以上に大切なものなんてない。それをよく覚えておいてくれよな」

悪びれた様子もなく言ってのけた良太郎が、本当は忍介と咲子を同じくらい大切にしていることはわかっている。でなければ忍介だってこうして彼のもとを訪ねようとはしないだろう……と、咲子は思っているのだが。

「お茶、ご馳走さまでした。お茶碗、下げていきますね」

なんとなく彼らをふたりきりにしたほうがいいような気がして、咲子は席を立つ。きっと、積もる話もあるはずだ。

空《から》になった湯呑み茶碗を三つ、盆にのせて持ってゆくのは井戸の脇だ。簡単にすすいでお勝手へ運んでおこうと思った。ここには使用人もいないから、叔父の手を煩わせまいと。

すると履物を履いて表に出たところで、後ろから声を掛けられる。

「……咲子さん」

振り向いて固まってしまったのは、そこにいたのが山岡《やまおか》——良太郎の教え子だったからだ。五分刈りの頭に古びたシャツと色褪《いろあ》せたズボン。政治家を目指して良太郎に師事しているひとつ年下の彼に、咲子は何度か告白されたことがあった。

良太郎のもとで見かけるうちに好きになった、どうか自分の恋人になってほしいと。

「や、山岡さん」

また言い寄られたらどうしよう。

肩を摑まれたり、抱き寄せられそうになったりした過去を思い出して後退しかけると、掛けられたのはおめでとうという祝福の言葉だった。

「おめでとうございます。ご結婚、なさったそうで」

「あ……ありがとう」

用件はそれだけだろうか。まだ何か言われるのではないかと警戒する咲子に、山岡は少し寂しげな顔で言う。

「お相手は、近頃勢いが止まらないあの志方銀行の二代目頭取《とうどり》だとか」

「……ええ」

「何年も想い続けていた方と結ばれたのだと、良太郎先生からお聞きしました。ですが、皆が皆その事実を知っているわけではないとお伝えしておきたくて」

こちらの表情をうかがいながらの、遠回しな言い方に嫌な予感を覚える。

「どういう意味でしょう？」

「政治家のお嬢様の嫁入り先が、大銀行です。それも親子ほども年の差がある不自然な結婚。当然、適切ではない関係を疑う輩だって現れます」

「適切ではない、って」

「癒着《ゆちゃく》ですよ。銀行は明治に入ってから始まって、近年条例で認められた商売です。その条例が銀行にとって有利に働き続けるよう、銀行家には政治家と繋がる理由がある。そして政治家は見返りに金銭を得られる利点が——」

「根も葉もないことをおっしゃらないで！」

思わず声を荒らげていた。忍介が父と癒着している？　ありえない。忍介も父も仁義を重んじ、国のために働いている勤勉な人間だ。

どんな信念を持って励んでいるのか、知りもしない人間に邪推《じゃすい》されたくない。

「ここは父が出資して良太郎叔父さまが開いた、政治家を志す人のための塾よ。父を侮辱するなら今すぐに出て行って」

「さ、咲子さん」

「想像だけで父と主人の関係を不適切とおっしゃるのなら、この場所にいるあなたのほうがよほど不適切だわ。政治家になって日本を良くしたいと思うのであれば、妄想をする前にもっと成すべきことがあるのではなくて？」

つとめて毅然と告げた咲子に、山岡は怯《ひる》んだように見えた。強い口調で反論したのは初めてだから驚いたのだろう。きっと彼は、烈女としての噂を消すべく大人しく振る舞う咲子の姿しか知らなかったのだ。

「……すみません。ですが、噂になっていることは事実です。咲子さんも気をつけたほうがいいと思いますよ。くれぐれもね」

それだけ言って去って行く山岡の背を見つめ、咲子は唇を噛んだ。

――政治家の娘と、銀行家。

繋がったら邪推される立場だと、どうして気付けなかったのだろう。自分はただ忍介を好きで、それこそ銀行家になる前から想い続けてきて、年齢に差があることも深く考えたりはしなかった。

父と忍介はわかっていたのだろうか。

いや。もし邪推されることを見越していたならば、父はもっと結婚を渋っただろうし、忍介だって離れている間に咲子の縁談を阻止したりはしなかったはずだ。

こういう弊害があると、咲子に説明して諦めさせることだってできた。

それなのに結婚話はとんとん拍子で進んだ。父は不思議なほど忍介に協力的だった。

まさか山岡が言うように、父と忍介の間には本当に適切ではない関係が……――いいえ。

(お父さまと忍介さまに限って、それだけは絶対にないわ)

悪いほうへ想像してしまう頭を左右に振り、咲子は簡単に洗い物を済ませる。それから盆を手に足早に家の中へと引き返した。

ひんやりとした空気が漂う土間。良太郎が使っていないのか、弟子が手入れしてくれているのか、ここだけは隅々まで整頓が行き届いている。戸棚を開けようとすると、伏せた湯呑み茶碗が盆の上でかたかたと不安定に揺れていた。

3、

翌日から咲子は、眠い目を擦りつつ学び始めた。

まずは志方家の作法だ。家の中の仕事の手順に、墓参りの方法。贈答品のお礼状の書き方からお礼の仕方。そして奥方としての、パーティでのホステス役の務め方。

家長である義父は入院中であり、義母はすでに亡くなっているので、教師は三人の女中と初老の家令だ。志方家の味付けを覚えるため、彼らとともに台所に立つ必要もあった。

そして知るべきは夫の仕事についてもだ。貸付、預金、手形や小切手のしくみ……忍介の書斎にある本を読み漁《あさ》り、少しずつ吸収していくのは純粋に楽しい。

忍介が出勤してから帰宅するまでの時間は、毎日あっという間に過ぎた。

布団を投げることなど思いつきもしないうちに、早一カ月――。

「お帰りなさいませ、旦那さま」

忍介は平日、陽が傾いた頃に一郎の引く人力車で帰宅する。経営者というからにはよほど忙しいのだと思っていたが、どうやら手際がいいらしい。帰宅時間はほぼ毎日一定で、接待がある日以外は変わらなかった。

「ああ、ただいま戻った。何事もなかったか？」

「はい。つつがなく。旦那さま、今日もお疲れさまでございました」

「へえ、おまえもずいぶんと妻が板についてきたな」

「ふふ、嬉しいお言葉ですわ」

庭を三周くらい駆けたいほど嬉しかったが、つとめて落ち着いた声色で答えた。

（妻……忍介さまが妻と認めてくださった……！）

しかし平和なのはそこまでだった。秘書の男が忍介を追いかけて、玄関へ飛び込んで来たからだ。

「頭取！」

忍介よりいくらか年上に見える彼は新聞のようなものを握り締め、切羽詰まった様子で忍介に詰め寄る。

「どうなさるおつもりです。例の噂は広まるばかりですよ！」

「単なる噂だ。事実無根とわかればすぐにおさまる」

「悠長《ゆうちょう》なことをおっしゃっている場合ですかっ。こういう小さな綻《ほころ》びにこそ顧客は過敏なのです。すでに預金の流出は始まっています！」

「おまえはもう少し大きくかまえることを覚えろ。上ががたがた騒いでいては下が不安になる。顧客とて例外ではない。今日は帰って頭を冷やせ。いいな」

やりとりは丁々発止《ちょうちょうはっし》といったふうだが、忍介の態度が落ち着いているために内容ほど危うくは聞こえない。対する秘書のうわずった声から、咲子は不穏な空気を感じ取っていた。

――噂……もしや山岡さんがおっしゃっていたことでは。

だが、預金の流出とはどういうことだろうか。

忍介の上着と鞄を受け取ったままで様子をうかがっていると、忍介は家令の男を呼ぶ。そして騒ぐ秘書を家令につまみ出させた。

「頭取！　お聞きくださいっ」

「行内の話は行内で聞く。広まって困る話なら外でするんじゃねェ」

「ですが、奥様のお耳にも入れたほうが」

「その提案は受け付けない。二度と口にするな」

忍介の声は低くひそめられていたが、咲子の耳にもしっかり届いていた。秘書が言った奥様というのは自分で間違いないだろう。

（わたしに聞かせたくない話があるの……？）

しかし振り向いた忍介は、何事もなかったかのような笑みを浮かべている。何も聞くなとでも言いたげな空気感だ。

「悪かったな。仕事を家に持ち込んで」

「い、いいえ。お忙しいようでしたら、お夕飯はもう少しあとにさせていただきますが」

「いや、いつもどおりでいい。そのまま書斎へ来い。いいな？」

彼の顎が軽く二階を示す。夕食を取る前、書斎に誘い込まれるのは初めてではない。

「……はい」

聞きたいことはたくさんあるのに、言い出せない雰囲気になってしまった。

最初に書斎でふたりきりになったのは、本を貸してほしいと咲子のほうから願い出たときだ。銀行に関する本を貸してもらうつもりだった。

目当ての本を見つけたのは書架の一番上の段。あれだわ、と手を伸ばした瞬間、腰に腕が回ってきた。口づけだけかと思ったら着物の帯を解かれ、あれよあれよと言う間に立ったまま繋げられて……。

それ以来、書斎へ呼び出されるのは夕食前に一度抱き合うことを意味した。

「……お、忍介さ、ま」

広々としたマホガニー製のデスクの上で四つん這いにされ、咲子は震える。腰まで捲り上げられたスカートに、大きく広げた襟元からこぼれるふたつの白い膨らみ。こんな場所では恥ずかしいと思うのに、どうして毎日、脱がされやすい服装で彼の帰りを待ってしまうのだろう。

「最初に抱いたときの赤みはだいぶ引いたな。今は……綺麗な桜色だ」

忍介はいつも肘掛けのついたワークチェアに座る。仕事でも始めるかのように、ゆったりと。そして体を少しだけ屈めて秘所を舐め始める。

「あ……っ」

割れ目を前から後ろにとろりと滑る、舌の熱さ。毎晩同じようなことをされていても、この感覚は少しも新鮮さを失わないのが不思議だ。

「俺が帰る前に洗っただろう。石鹸の匂いがする」

「だ、だって、そのままでは」

「咎《とが》めているわけじゃない。わざわざ俺に愛でられる準備を整えておいたのか、と聞いたんだ。おまえはまったく、健気すぎる。一度、長い休みをとって、この中で限界まで果ててみたいものだ……」

それはさすがに、堪忍してもらえたら助かると咲子は思う。

なにしろ忍介は毎晩明け方まで抱き合ってもまだ足りず、帰宅後、取るものも取らぬうちにこうして咲子の肌に触れる。そうして一旦発散させても、夕食と入浴が済めば待ったなしだ。離れの和室か、書斎のベッドルームで朝日が昇るまで繋がったままにさせられる。

先週の日曜など、冗談抜きで一日中布団の中で過ごす羽目になったのだ。今のところ、限界が見えたためしはない。

「力を抜け、咲子。入るぞ」

両足を床に下ろされると、背後からゆっくりと張り詰めたものをのぼらされる。期待感に着火されるような感覚に、デスクの上へ突いた手に力がこもる。

「んぅ……っ」

「どうだ。痛いところはないか」

「は……い、嬉しい……です」

彼のものを呑み込み、徐々に内側を満たされてゆく心地良さは他の行為には代えられない。心の奥に温かいものを灯されるようで、毎回感極まってしまいそうになる。

「ああ、そんなに焦って締めるなよ。がむしゃらに動きたくなるだろう」

奥まで収めないうちに内壁をぐるりと混ぜられたら、腰から下が溶けていきそうだった。

太ももを伝って落ちてゆくのは、自分の蜜だろうか。それとも夕べの彼の名残《なごり》だろうか。

（いつ寝ていらっしゃるのかしら、忍介さま……）

こんなに毎日励んでいて疲れてしまわないのか。それは咲子のかねてからの疑問だった。

訊ねてみたいけれど、納得できる答えが返ってくる気はしなかった。

というのも彼は銀行での仕事を一切持ち帰らない。つまり日中居眠りをしているわけではなく、仕事はきっちりこなしているのだ。移動中に寝るといっても社屋までの距離は人力車で十分程度だし、その間に休めているとも考えられない。

普通じゃない、と思う。

「咲子、何を考えている？」

ふいに奥を背中側へ強く押し上げられて、峻烈《しゅんれつ》な快感に咲子は腰を跳ねさせる。

「う、ぁあ、っ」

「注意散漫だ。抱かれている間は俺に集中しろ」

「っは……はい……っ」

「おまえは俺だけに満たされていればいい。体も、心も、頭の中もな」

催促されなくても、考えていたのは忍介のことだ。嫁入りしてからも、いつも忍介のことばかり考えている。いや、結婚してからのほうが彼を想う時間が増えたと言える。

彼の家を守るために何をすべきか。彼の仕事を理解するために何を知るべきか。

そして——どうしたら振り向いてくださるのか。

頭の中は常に忍介でいっぱいだというのに、これ以上なんて。

そう伝えようとすると、部屋の扉をこつこつとノックする音がした。

「旦那様、こちらにいらっしゃいますか」

低く嗄《か》れた男の声。家令の声だ。彼はこの家の中にいる使用人たちをまとめ、忍介のすぐ下で働いている初老の男性だ。忍介の父が若い頃に雇い入れた古参《こさん》らしく、忍介のこともよく理解している。

「……ああ。俺はここだ」

忍介が返答したので、咲子は慌てて右手で自らの口を塞《ふさ》いだ。左腕で肘をついて、少し体勢を低くする。

部屋の鍵は掛かっていない。もし扉を開けられたらどうするのだろう。てっきり、無言でやり過ごすかと思ったのに。

「すまないが今、取り込み中だ。そこで用件を言ってくれるか」

そう言った彼は一旦止めていた腰を動かす。ゆっくりと屹立を引き抜き、またゆっくりと戻されて焦ってしまう。

扉を一枚隔てた向こうに家令がいるのに、なんてことを。

咄嗟に振り向くと、視界に入った忍介は冷笑してさらに腰を振った。行為を中断させる気がないどころか、攻勢を緩める気もないようだ。

「秘書の方が旦那様に渡してほしいと、お手紙を残して行かれました」

「それだけか？」

まるで机に向かって仕事でもしているみたいな態度だと思う。当たり前に返答しながらも、しかし咲子の内側を感じさせることを疎《おろそ》かにはしていない。内側をゆるゆるとかき混ぜるようにされ、咲子は息を呑んだ。

「いえ、あとは新聞を一緒に託されまして」

「新聞か……そうか、わかった。手紙だけその扉の下から入れてくれ。残りは廃棄だ。すまないが他の者の目に触れないうちに燃やしてくれるか」

「かしこまりました」

扉の下のわずかな隙間《すきま》から白い紙切れが差し込まれたとき、胸の膨らみはふたつとも寄せるように掴まれていた。先端を机の天板に擦り付けられ、びくっと肩が揺れてしまう。

(だ……め……っ)

胸の頂がそれぞれ小さな円を描いている。硬く尖《とが》って、敏感になりながら。

これ以上、刺激を増やさないでほしかった。もし今、割れ目の付近を弄られたら弾けてしまう。全身がとろけそうに良くて、声が漏れそうになるのを堪えるので精一杯だ。

「ところで旦那様、お夕食はいかがなさいましょう」

家令の声がクチクチと蜜源を混ぜる音と混じって卑猥《ひわい》に聞こえる。

もう許して。そう叫んでしまいたかった。家令は、咲子がここにいると気付いていないのだろうか。いや、書斎に呼び出されたところは見ていたはずだ。

ただ、こんな状況だと察してはいないだけ。

「夕食か。そうだな。そろそろ整えておいてくれ。咲子を連れてすぐに行く」

「承知しました」

遠ざかる家令の足音を聞きながら息を詰める。早く階段を下りて、声の届かない場所へ行って。そう願いつつ声を押し殺している間も、胸の先を机に押し付ける動作はやまなかった。かすかな水音もだ。忍介のものに蜜源を支配されている、証拠の音……。

「……よく我慢したな」

階段を下る足音が聞こえなくなると、忍介はそう言って腰の振り幅を大きくする。まるで、耐える咲子を見て火がついたかのようだった。

胸の先端を指の間に挟まれ、膨らみを寄せ合わせて揉まれながら咲子はひたすらに喘ぐ。

「あ……ぁあ、あ」

解放されたようにガタガタとデスクが揺れて軋むのも、甘美な音に思えてしまう。

一晩中彼の行為に付き合える女がいなかったと聞いたけれど、信じられない。そう思うほどに、この腕の中にいる時間は心地いいばかりだ。

「旦那さま、だんなさ……ま」

あまりの気持ち良さに体勢を保っていられなくなって、机に突っ伏す。すると下がった腰を強引に持ち上げ、もっと、と言うように出入りを続けられる。

奥の奥に自らの先端を押し付けて、もっとも深い部分まで侵そうとする彼は貪欲だ。

けれどその行為のすべてはいつものように技巧的で、良いばかりで、咲子は自分の唇から漏れる声の甘さにもさらなる熱を煽られてしまう。

「はぁっ……は……」

「ッ……一度知り尽くせば安心できると思ったが、甘かったな」

「ア、ぁ……っ、わたし、もう……ッ」

屹立を抱く内側が勝手に締まってしまう。このあとに襲ってくるのは、痙攣と甘やかな痺れ、そして極上の気怠さだ。

当初は恐怖さえ覚えたその感覚が、今は嬉しくてたまらない。

「咲、子……俺にはいつも、おまえが足りない」

「あ、くる、きてしま……っぁ、あ」

「ああ、弾けなさい。そこに出してやるから、零さないようにしっかり吸え」

「んん、ぅああ……っ!!」

奥を突かれながら、咲子はびくんと大きく体を震わせて弾ける。悦は高級な美酒のようにすうっと広がって、すぐさま体を深く酔わせた。

内側に熱を与えられたのは、直後のことだ。欲の欠片を吐き出した忍介は、後ろから覆い被さってきて右頬に口づけをくれる。温かい吐息とともに、慈しむように。

「上手に咬えているな……いい子だ。夜はベッドルームに来なさい。朝までたっぷり注いでやる」

「あっ……ぁ……は、い……」

「もっと俺に染まるといい。奥の奥まで、余すところなく俺だけに」

大きな手に乱れた髪を撫でられ、汗を拭われていると、心まで満たされて他にはもう何もいらないと思う。

しかしいつもならば優しいそのひととき、彼の目は鋭く細められて扉のほうを向いていた。その視線の先にあるのは、家令が置いて行った秘書からの手紙だった。

＊

「咲子、今日は一緒に出掛けないか」

忍介にそう誘われたのは日曜の朝だ。朝食中のあまりにも唐突な申し出に、咲子が目を丸くしたことは言うまでもない。

「お出掛け……わたしとふたりで、ですか？」

「ああ。もっと外へ出掛けたいと前に言っていただろう」

結婚してひと月、休日といえば日がな閉じこもって抱き合うばかりだったのに、突然どんな心境の変化があったというのだろう。真っ先に疑ったのは体調不良だが、忍介はバタートーストをお代わりして平らげている。顔色もいいし、別段具合の悪いところは見受けられない。平常どおりだ。

「ほら、明治座《めいじざ》で興行している活動写真。おまえも知っているだろう」

「ええ。写真に写った人が生きているみたいに動くのだとか。使用人たちが幻術のようだと話しているのを聞きましたわ」

「そう、それだ。まずは日比谷公園でも散歩して、次に活動を観て、最後に洋食でもどうだ。夫婦水入らずで、たまには。嫌か？」

コーヒーカップを口に運びながら問われて、咲子はぱっと顔色を明るくした。

「とんでもない！　行ってみたかったんです、活動。お散歩も、お食事も」

嫌だなんて寸分も思うはずがなかった。

日比谷公園は昨年開園したばかりで、近くを通りかかっても見物までしたことはない。明治座へは家族で歌舞伎を見物しに行った経験があるけれど、活動写真は未経験。噂を聞いてそわそわしていたのだ。

まさか行けるなんて。それも、忍介とふたりで。

早速部屋に飛び込み、身に着けたのはもちろん彼から贈られたドレスだ。散歩しやすいように足さばきが良く、上品な芥子《からし》色のものを選んだ。髪をすっきりと編んで結い上げ、そこに斜めに帽子をつけてから玄関を出る。

　忍介は先に自動車の後部座席に乗り込んで待っていた。いつもより上等な三つ揃いの背広姿で、髪も簡単に整えてある。それだけで、今まで目にしたどんな男性よりも素敵に見えて胸が高鳴ってしまう。

「忍介さまも活動へ行かれるの、初めてですか？」

　動き出した自動車の後部座席で問うと、苦笑した彼に右隣から問い返される。

「当たり前だろう。おまえ以外に誘う女がいると思うか？」

「あ、いえ、そういう意味では。もしかしてお仕事で行かれたかしらと」

「まさか。接待で行くのは酒を飲んで騒ぐような場所だ。楽しくもなんともねェよ」

　では、今は？　忍介さまはわたしと一緒にいて楽しいと思っていらっしゃる？

　喉元まで出掛かった問いを、咲子はそのまま呑み込んだ。閨の外でも楽しめそうかなんて、自信がなくてとても聞けない。

　車は舗装が行き届いた道を徐行して進み、やがて日比谷公園へ到着する。

　手入れされた木々に、立ち並ぶ洋灯。模様のように仕切られた花壇。異国ムード漂う公園は昼近くになって、それぞれに着飾った人で賑わっていた。

「まあ、大きな池！　志方家の離れが浸かってしまいそうなくらい広いわ。これ、もともとここにあったものでしょうか」

観光客の目当ては洋式の花壇と池だ。浅瀬のある大きな池は、手前に湾曲《わんきょく》した遊歩道を有していて、そぞろ歩きがすこぶる楽しい。

「いや、人工池だ。おまえは知らないだろうが、この辺は昔、空き地だったんだぞ」

「信じられません……！　こんな大きな池を作ってしまうなんて」

「江戸の時代にはここに各藩の上屋敷があったんだ。大名屋敷ってやつだな。御一新後にそれを取り壊して更地にしたわけだ。と言っても、俺だってその頃のことは大して覚えちゃいないが」

そう言った忍介はふいに立ち止まり、池を眺める。穏やかな横顔は、遠くを見つめる視線も含めて精悍だ。落ち着いているのに闘争心を失っていない、絶妙なバランスはこの年齢の男性ならではだと思う。

正直なことを言えば、咲子は同世代の男性の魅力がわからなかった。

幼い頃に男みたいだと散々からかわれて育った所為かもしれない。最初から、年の近い男性は恋愛対象にはならない。本気で好きになったのは、忍介がずっと年上だったおかげ。

二十以上も年の差がある彼にだからこそ、咲子は一生を賭けて恋をしたのだ。

そんなことを考えながら並んで立っていると、心が落ち着くどころか逸ってしまってはいけない。

周囲から自分たちはどんなふうに見えているだろう。

きちんと夫婦に見えているだろうか。

「――池といえば、咲子が八つの頃を思い出すな」

他人の視線を気にして背筋を伸ばしたり帽子の位置を直したりしていると、忍介に喉の奥で笑われてどきっとした。

「わ、わたしが何故池と結びつくのです」

「何度目に会ったときだったか、おまえを連れて横浜へ出たことがあっただろ。俺と良太郎と黒田家の女中のたつの三人で。覚えてるか」

「ええ、もちろんですわ」

忘れるわけがない。

あの横浜行きは、たしか良太郎が言い出したのだ。咲子に港を見せてやりたい、忍介も一緒に行こうと。

当時の忍介は父親の貿易会社で専務として働いていたから、港には行きつけていると思ったのだろう。つまり案内役だ。乗り気ではなかっただろうに、忍介が率先して箱形の馬車で迎えに来てくれたときは、異国のお姫様にでもなった気分だった。

「おまえ、初めて海を見てなんて言ったと思う？　『池と川がくっ付いたみたいね！』だ。笑ったのなんのって、腹がよじれるかと思ったぞ」

「えっ!?」

そこまでは覚えていない。初めて大海原を目にしたとはいえ、海を池とは突拍子もなさすぎる。恥ずかしさに頬をかあっと火照《ほて》らせて、咲子は思わず俯く。

「で、帰宅してからはどの池を見ても『小さい海』と言うようになっちまって。おまえは詩的なんだか素直なんだか」

「……お忘れくださいませ……」

「忘れられるわけがねェよ。俺は昔から、咲子と一緒にいると退屈しなかった」

しみじみしたその言葉を聞いて、俯いていた顔を上げずにいられるわけがなかった。昔から、ということは今も退屈していないということだ。幼い日の恥より、彼にそう言ってもらえた喜びのほうが俄然大きくて、いてもたってもいられなくなる。

「次、次へ参りましょう、忍介さまっ！」

忍介が大人の女が好みだと知っているのに、うっかりはしゃいでしまった。そんな、嬉しくてたまらないといった体《てい》の咲子に忍介は優しく微笑んでくれる。まるで、その反応を待っていたとでも言いたげに、喜ばしげに。

彼の視線は直後に、近くを通り過ぎる集団を注意深く見た。その向こうにハンチング帽を被った男を見つけて、咲子は違和感を覚える。

どこかで会った人のような……、でも、どこでだった？　いまどきハンチング帽姿の男性なんていくらでもいるから思い出せない。

するとわずかな間を置いて、忍介のつま先はとても自然に花壇のほうへと向きを変えた。敷地内にある洋風喫茶に寄り、コーヒーを飲んで、明治座へ辿り着いたのは活動写真の開始時間ぎりぎりだ。昼を告げる号砲《ごうほう》がいつの間に鳴ったのか。そんなことも気付かないほど楽しい時を過ごしたのは、久々だった。

＊

活動写真は噂に違わず幻術のようだった。光のようなものが白い幕に照らされるのだが、なんとその中で人が動くのだ。忙しく駆け回るスクリーンの中の人々に、咲子は目を瞠《みは》らずにはいられなかった。

しかしなにしろ寝不足の身。薄暗い室内で何度忍介の隣でうとうとしかけ、根性ばかりで瞼をこじ開けたかしれない。

(寝たらいけないわ……せっかく連れてきていただいたのに)

久々に閨から解放されて気が緩んでいる所為もあるだろう。暗い場所にいると眠くて眠くてたまらない。うっかりしたら椅子から転げ落ちてしまいそうだ。

見知った顔に声をかけられたのは、どうにか眠気に勝ってロビーに出たときだ。

「オシスケ！」

癖のある長めの金髪に、高い鼻、青い目。そして壮年らしい目尻の皺。

出口へ向かう人ごみをかき分けて近づいてくるのは、ひと月ほど前に咲子が路上で助けた男性――ゴールドスミスにほかならなかった。

咲子が反応する前に、おお、と忍介が返答する。

「デヴィッドじゃないか。あなたも活動写真を観に？　そうとは知らず大変な失礼を」

「とんでもない。オシスケこそ今日はデートかい」

「ああ。妻とふたりで水いらずだ。活動写真は製作者に直接感想を述べたいくらい素晴らしかったよ。もう一度観なければと思う」

米国で四年も暮らしていたせいか、忍介の英語は驚くほど流暢《りゅうちょう》だ。単語ひとつとっても特別選んでいる様子はなく、日本語と同様に自在に操っているように思える。

いちいち考えて発言しなければならない自分とは違う。感心しながら隣で会釈をすると、ゴールドスミスが両腕を広げて抱きついてきた。

「サキコ！　先日は本当にありがとう。おかげで大切な商談に遅刻せずにすみました」

普通の日本人ならば臆するようなハグだ。忍介は顔をしかめてまずいとでも言いたげな顔をしたが、外国人慣れした咲子は落ち着いていた。

父が連れてくるお雇い外国人に限らず、社交界でも父の隣に立って相手をしたことがあるから要領は心得ている。

「お役に立てて良かったです！　またお会いできて嬉しいですわ」

英語で答えると、ハグを返してから体を離す。忍介の妻であることを念頭に置いて、とにかくにこやかに、胸を張って。

すると忍介に左斜め上から問われる。

「なんだ咲子、デヴィットと知り合いなのか」

「はい。先日……その、忍介さまに叱られたときにお助けしたのが彼なんです」

お知り合いにお会いしました――とあの直後に伝えようとはしたのだ。だが、言い訳になってしまいそうで言えず、それきりになっていた。

肩をすくめると、意外そうな目をして見下ろされる。助けた相手がゴールドスミスだったことも含め、咲子の対応すべてが予想外というふうな視線だ。

それはそうだろう。咲子の英語は忍介が米国にいる間に身に着けたものだ。外国人への応対の仕方も、また然り。

「サキコは本当にオシスケの奥さんだったのだね。疑っていたわけじゃないが、この目で見るまで信じられなかったよ」

「まあ。だって親子ほど年齢が離れていますもの。仕方ありません」

「いいや、そういう意味じゃなくてね。私は、オシスケは仕事と結婚しているものとばかり思っていたんだよ。米国にいた頃からずっと」

　忍介の魅力的な姿からすると信じ難い言葉だが、信憑性《しんぴょう》はあった。夜の評判を気にして近づく女がいなかった、という本人の証言もある。つまり彼は海の向こうで、脇目も振らずに仕事に邁進《まいしん》していたということなのだろう。

　彼の志のために。

　なんて立派な方だろう。

「しかしサキコは若いが本当にしっかりしている。一本気で余所見を知らないオシスケにはぴったりだ」

「……デヴィッド、俺の悪評をあまり妻の耳に入れないでくれ」

「嫌だな。褒めているんだよ。勤勉なオシスケの誘いだからこそ、私は見知らぬ土地での新しいビジネスチャンスに賭けてみようと思えたんだからね」

「その件ならゆっくり考えてくれ。簡単に決断できるような額の取引じゃないからな。本国へ戻って、納得するまで検討して、それからでいい」

　どうやらふたりは大きな取引を抱えているらしい。直後に難しい単語が飛び交うビジネスの会話が始まると、咲子は口を挟むどころか聞き取ることもできなくなってしまった。

　一歩下がり、なにげなく周囲を見渡していたら、右肩を叩かれて飛び上がる。

「咲子さんよね？」

　振り向いて目にしたのは、同じく洋装で着飾った日本人女性だ。ふっくらとした頬が魅力の小柄な彼女は、咲子の女学校時代の友人だった。

「ええ！　お久しぶり、あなたも活動写真に？」

「もちろん。今日は義母とふたりよ。ところで咲子さん、おめでとう。ご結婚なされたって聞いたわ。もしかしてそちら、御主人のお義父様とか？」

義父――そう見えるのか。

「いえ、あの、彼が主人なの。でもごめんなさい。紹介したいのだけど、今ちょっとお仕事の話の最中で」

小さな声で告げると、いいのよお、うちの義母もお友達と話し込んでいるし、と高い声を張り上げられて焦る。昔から彼女はこういう、あけすけなぶん裏表のない気持ちの良い人だった。

しかし忍介は言ってみれば仕事中だ。邪魔をしてはいけない。

さりげなく壁際へ移動してみたものの、友人の声が通ることに代わりはなかったので、さらに奥まった通路まで引っ込む。ロビーから隔離されたようなその場所に人影はなく、隅のベンチに並んで腰を下ろした。

「驚いたわ。噂には聞いていたけど、すごく年上なのね。旦那様」

「……ご存知だったのね」

「ええ。でも良かった、咲子さんが幸せそうで。ほら、世間ではいろいろと言われてるでしょ。心配してたのよ、女学校の仲間もみんな」

友人の言いたいことはすぐに察せられた。父と忍介の間に、適切ではない金銭のやりとりがあるのではないかというあの噂についてだ。

「そのことだけど、誤解なのよ！」

咲子は左隣に座った友人の手を取って訴える。

「打算のある結婚なんかじゃないの。だって、わたしから彼にお嫁に貰ってほしいってお願いしたのよ。もう、六年も前に……好きだったから」

「なんですって。それ、本当？」

「友達に嘘なんて言わないわ！　ずっと慕ってきたの。やっと手が届いたのよ。だからわたし今、とっても幸せなの」

咲子の言葉を聞いて彼女は目をしばたたいたが、直後に安堵したように胸に手を置いた。ようやく信じてもらえたみたいだ。

「学生時代に打ち明けてもらえなかったことは釈然としないけど、信じるわよ。咲子さんは嘘を言うような人ではないし」

「ご、ごめんなさい。叶うはずがないと思っていたから黙っていたの」

「みんなにもそう伝えるわ。咲子さんは想い人に嫁がれてとても幸せだって」

「本当!?　お願いできる？」

当然よ、と頷いてくれる友人が頼もしい。お喋り好きの彼女にかかれば真実が広まるのもあっという間だろう。以前、別の友人が結婚したという話も三日とかからず知り合い全員が知るところとなったのだから。

きっとすぐに女学校の友人たちを介して、悪い噂は払拭される。そうすれば父にとっても忍介にとってもいいはずだ。

「だけど咲子さん、私が伝えるまでもないかも。今日みたいに仲睦《なかむつ》まじく出掛ける様子を目にしたら、お飾りの結婚だなんて思う人間はいなくなるはずだもの」

「そう……かしら」

先ほどは親子に間違えられたが。

やはり夫婦には見えないのだろうか。自分は、忍介にとって幼く頼りない妻なのでは。自信のなさに軽くため息をつくと、友人はぼんやりと宙を見ながら言う。

「一番は、早く社交界でお披露目《ひろめ》パーティでも開くことだと思うけれどね」

確かにそのとおりだ。結婚式もその後の宴も、ふたりは今のところ親戚一同の前で催したきり。何故社交界でのお披露目の話が出ないのか、今更ながら疑問に思う。

義父の退院を待っているのだろうか。だとしたら、一言そのように言ってくれてもいいのに……。

そうして考え込んでいると、友人の手が唐突に建物の外を示した。

「あ、ねえ咲子さん、ちょっと待っていてもらっていい？　車にあんぱんをたくさん積んでるのよ」

「あんぱん？」

「実は主人の弟がパン屋さんを始めたの。義母と一緒にさっき寄ったら、山ほど貰っちゃって。少し食べてもらえると助かるのよ」

持ってくるから待っていてということだろう。ありがたいことだ。

駆け出して行く友人を見送り、ひとりになると、急激に眠気が蘇ってきた。周囲は明るいのに、眠い。日当たりが良くて暖かいからかもしれない。

——だめよ、こんなところで居眠りなんて……。

どうにか瞼を持ち上げようとすると、窓の外にチラチラとハンチング帽を被った男の姿が見える。日比谷公園でも見かけた男だ。

やはりどこかで会った顔だと思う……ああそうだわ、ゴールドスミスさんを助けたときに。どうして何度も見かけるのだろう。警戒したほうがいいかもしれない。

だが、それ以上は考えられなかった。

(寝てはだめ……だめ……でも、瞼が落ちてくる……)

ベンチに腰掛けたまま、咲子はついに船を漕《こ》ぎ始める。

「おまたせ。……咲子さん？　大丈夫？」

紙袋を抱えて戻ってきた友人に声を掛けられても、もう引き返せない。すでに一カ月も毎晩わずかなうたたねだけで朝を迎えてきたのだ。忍介も使用人たちも昼寝を勧めてくれたが、真昼間から居眠りなんて気が咎めて……ソファで軽く休むくらいしかできなかった。

(寝ずにいられる忍介さまは、やはりちょっと、普通ではないわ……)

起きなければ。こんな場所で目を閉じていてはいけない。そうとわかっているのに、寝不足の体は誘惑に負け、みるみるまどろみに馴染んでゆく。

少しだけ。十を数える間だけでも眠っていたい。

そのときだ。すっかり意識を無くした咲子のもとへ、黒い影が近づいてきたのは。

ロビーからやってきたその影は、迷いなく咲子に歩み寄り顔を覗き込む。一瞬警戒した友人が、直後に緊張を解いたことに咲子は気付かない。

「咲子」

眠りに囚われつつあった意識を、引き戻したのは耳慣れた低い声だ。

「……おまえは本当に懲りないな」

ようよう瞼を持ち上げて見えたのは、切れ長の瞳。それから三つ揃いの背広にステッキ、帽子。呆れ顔で微笑む彼は咲子の夫その人だった。

「お、忍介さま！」

まずい。

自分の状況を思い出し背筋を伸ばすと、横向きで軽々と抱きかかえられる。人前でこんな姿は恥ずかしい。その前に、居眠りも恥ずかしいことなのだけれど。

しかしどうして居場所が忍介にわかったのだろう。ここは奥まった場所だし、あちらからは姿が見えない位置に移動したはずなのに。

「妻が世話になったようだ。感謝しよう。正式な御礼は後ほど改めて」

場慣れした感のある優雅なお辞儀に友人は見惚れたようで、我に返ったような礼が返ってきたのは、数秒の間のあとだ。

その腕の中にいながら、咲子も忍介の動作に魅せられていた。

ふたりきりでいても充分に素敵なのに、忍介は人前に出ると魅力が増して見える。まるで、周囲の視線が彼の存在を際立たせるみたいに。

咲子はそれきり、足下がふわつく感覚を消せなくなってしまった。胸がいっぱいで、せっかく立ち寄った洋食屋でも何を食べたのか思い出せないくらいだ。

初めて恋に落ちた頃と同じ。そうと気付いたのは、夜、屋敷の離れで彼の腕の中に閉じ込められてからだった。

「家の外で無防備になるなと、何度言わせたら気が済むんだ」

「……あ、あ……、申し訳、ございません……っ」

「そんなに仕置きされたいならしてやるよ。たっぷりとな」

繋げた部分を擦り合わせるように腰を揺らされて気が遠くなる。体中をまさぐる手がいつも以上に粘着質に思えるのは気の所為ではないのだろう。

「ん、んん……っ、あ、そんなに、混ぜたら……わ、たし」

「やめたら仕置きにならないだろ。ん？」

「やっ……ん、ぁ」

だめ、と言いながら咲子はゆったりと揺れる汗ばんだ大きい背中にしがみついて続きを乞う。いつもよりさらに彼が力強く感じられるのは、昼間頼もしく思うことばかりだったからに違いない。

「もっと悦くなれよ。理性なんて吹き飛ばして、俺を欲しがるといい」

「お、忍介、さま……忍介さま、いちばん、奥へ来て……っ」

眉根をぎゅっと寄せて口づけを欲しがると、掠れた声で囁かれた。

「ああ、俺のほうがますます取り留めもなくなるな」

優しく髪を撫でてくれる大きな掌が好きで好きで苦しいくらい。きっと自分は今日、重ねるように彼にまた恋をしたのだ。

こうして恋を重ねていったら、どんなにうずたかくなるだろう。見当もつかない。

まるで想いが通じ合ったかのように幸せな一日だった。

「まったく年甲斐もねえよな。笑いたきゃ笑えよ。それでもおまえが毎晩欲しい……」

うたたねに落ちようとするたびに熱っぽい口づけで引き戻され、翌朝、咲子はついに忍介の出勤直前まで体を繋げられる羽目になった。情熱の痕跡を洗い流す気力もなく、昼になってようやく起き出したくらいだ。心配した使用人たちに、午後からまた休むようにと進言されたことは言うまでもない。

友人が大慌てで訪ねて来たのは、それから三日後のことだった。

＊

「おかしいのよ。私がみんなに会ったとき、もう真逆の噂が広まっていたの」

彼女が言うには、女学校の仲間はおろか近所の商店の店員までもが、すでに咲子と忍介の外出の様子を知っていたのだそうだ。それも『わざと夫婦仲睦まじく見せるための偽装工作である』といういらぬ尾ひれ付きで。

「どうして……」

「わからないわ。私も狐につままれている気分なのよ。一応原因を調べてみるから、咲子さん、心無い噂にめげたらだめよ」

勇気付けて去ってゆく心優しい友人を見送り、咲子は忍介の書斎へ向かう。静かな場所で少し、ひとりになって考えたかった。

いくらなんでも即日噂が広まるなんておかしい。

しかも曲解された話で統一されているあたり、不自然だと思う。

誰か、故意に触れ回っている者がいるとしか考えられない。悪意を持って、悪い噂ばかりを。すると、父と忍介の良からぬ仲を噂したのも、同一人物とするのがしっくりくる気がした。

――けれどどうして？

結婚がきっかけと考えたら、忍介に密かに思いを寄せていた人間のしわざと考えるのが筋だろう。ならば貶《おとし》めたいのは咲子のはず。

しかし現状、不利益を被っているのは忍介のほうだ。以前、秘書が玄関に飛び込んできたときに言っていた。噂の所為で預金の流出が始まっていると。これまで勉強したところによると、銀行は顧客から預かった資産を運用することで利益を得たり経営を盤石《ばんじゃく》にしていたりするらしい。

すると、忍介と銀行に恨みを抱く人間がいる……？　想像して咲子は唸る。

あの仕事熱心な忍介が恨みを買うものだろうか。ゴールドスミスを始め、周囲にいるのは彼に惚れ込んでいる人ばかりだ。逆恨み――だとしたら、想像のしようがない。

好敵手に匹敵する銀行が他にあるわけでもない。

他行とは棲《す》み分けができているように思うし、だいたい、銀行を始めようという者は大概がある程度の財をすでに成している。他者を陥れてまで利益を欲しがると考えるのは、少々無理がある気がした。

「……山岡さんならご存知かしら」

呟いてみたものの、直後に身震いしてしまった。できれば彼には会いたくない。二度と、父と忍介を悪く言われるのはごめんなのだ。

（だけど、わたしがどうにかしなきゃ）

もとを正せば、自分が彼に妻にしてほしいと食い下がったことが発端なのだ。彼も父も、自分の我儘《わがまま》を聞いてくれただけ。黙って見ているなんてできない。

しかし、どうやって姿なき噂の真相を突きとめたらいいというのか……。

あまりの歯がゆさに、ここへきて初めて布団を投げたい気持ちになる。すると、

「奥様、こちらにいらっしゃいますか」

扉を叩く音と同時に聞こえたのは家令の声だった。ええ、と返答するとすぐに「ご実家からお言付けが」との呼びかけがある。

扉を開くと、白い紙を渡された。

そこに記されていたのは『峰子さまご出産間近なり、早めにご帰省なされたし』との毛筆文だ。見覚えのある年配らしい流暢な筆跡は、黒田家の女中たつのものに違いなかった。

＊

忍介の帰宅を待ち、咲子は玄関で早々にその旨を申し出た。

「申し訳ありません。嫁いだばかりで実家だなんて……でも、一日で戻りますから」

帰省は日帰りを計画していた。

姉の陣痛が始まったら実家へ向かい、日暮れまでに一旦帰宅するのだ。楽しみにしていた誕生の瞬間には立ち会えないかもしれないが、背に腹はかえられない。

今、自分が忍介のもとを離れたら、広まり始めた噂の信憑性が増してしまう。あの外出は、やはり夫婦仲が良いように見せかけるための偽装工作だったのだと。

「いや、気にするな。出産は命がけの大事業だからな。落ち着くまで義姉上の側にいてやるといい。ふたりだけの姉妹だろう」

だが忍介は鷹揚にかまえており、噂を深刻に捉えている様子は見受けられない。

「ですが、この大変なときに」

「大変？　ああ、……まあ、おまえがいなくなると俺にとっては夜が死活問題だが」

「そういう意味ではありませんわ。わたしたちの結婚に関する心無い噂のこと、忍介さまもご存知ですよね。それで預金が流出していることも」

一歩踏み込むつもりで訊ねると、彼の表情は途端に渋くなる。

「……その話をどこで聞いた？　俺の秘書からか」

「いえ。ひと月前に忍介さまと一緒に、良太郎叔父さまのお宅へお邪魔したでしょう。噂についてはそのときに山岡さんからお聞きしたんです」

知ってはいけなかったことなのだろうか。そう考えて、彼の秘書がいつか発言した内容を思い出す。『ですが、奥様のお耳にも入れたほうが』『その提案は受け付けない。二度と口にするな』――やはりこのことだったのか。

するとと忍介は忌々しげに舌打ちをし、あの岡惚《おかぼ》れ野郎が、と小さく零す。

「え？」

「なんでもねえよ。その話ならやめだ。おまえが気にすることじゃない」

「ですが」

「いいから忘れろ。山岡から聞いた話は全部だ。いいな」

そんな。わたしだってどうにかしたいと思っているのだと、咲子は言いかけてぐっと喉元で留める。これ以上掘り下げて訊ねたところで、忍介が折れてくれるとは思えなかった。

ここで無闇に食い下がるのは、いつか子供だったたときと同じ。

旦那様が決定したことなら妻である自分は従うだけだ。それに、悪い噂を立てられて苦しいのは忍介のほうだろう。

「わかりました」

口角を上げて答えると、何事もなかったように彼から受け取った背広の上着をハンガーにかける。忍介は会議中についた葉巻の臭いを自宅に持ち込みたくないらしく、いつも玄関先でベスト姿になってから室内へ入るのだ。

ハンガーをフックから下げ、鞄を棚へ置く。いつもどおりの作業だ。そこで気付いた。背広の胸ポケットから白い紙がはみ出していることに。

——お仕事の覚え書きかしら。

一応、彼に確認しておいたほうがいいだろう。

慌てて紙を引っ張り出し、二階へ向かった忍介を追いかけようとする。しかし、ばらばらっ、とタイルの上に散らばった切れ端に動作を阻まれた。一枚に見えた紙切れは雑に刻まれていたのだ。

『急ぎ、社交界で奥様をお披露目し、おふたりの馴れ初めをご公表なさいませ。悪い噂を払拭するにはそれしかありません。何を躊躇する必要がございましょうか』

拾い集めた紙にその文面を読んだとき、呼吸が止まるかと思った。結婚の真実を明らかにするのを、忍介が躊躇している。いや、破り捨てているのだから躊躇というよりこれは拒否だろう。

——こんな……何故。

指先が震えてしまう。噂に対抗する気が彼にはないのだろうか。心無い噂を、このままにしておこうというのだろうか。

血の気が引いてゆく感覚の中、咲子は千切れた紙片をどうにか背広の胸ポケットへ戻すのが精一杯だった。

自分の存在を公にしたくないということは、つまり忍介は結婚を悔《く》いているのではないか。そんな想像が脳裏に浮かび、動悸がする。やはり自分は妻として期待はずれだった？

彼は六年前の義理は果たしても、名実ともに自分を妻とするつもりはないのでは――。

（いいえ、そんなことはないわ）

一緒にいると退屈しないと言ってくれた、あの優しい横顔を疑いたくない。

しかし信じようと強く心に決めても、真実を知りたい衝動は募《つの》る。わずかずつ燻《くすぶ》っては、心の内をいたずらに曇らせる。

結局咲子はその晩、食卓でも寝所でも忍介の目を見つめ返すことができなかった。

4、

夫の考えていることがわからない。彼の前でどんなふうに振る舞ったらいいのか、見当もつかなくなってしまった。そんな中、咲子の里帰りは翌日から早々に実行に移された。

「咲子ちゃん、久しぶり！」

姉はそう言って笑顔で迎えてくれて、咲子は久々の実家を満喫《まんきつ》した。

母の手製の卵焼きに、たつのご自慢の五目ご飯。志方家の料理も和洋折衷《せっちゅう》で美味しいものばかりなのだが、やはり慣れ親しんだ味は違う。存分な睡眠時間とあいまって、気持ちまでほっとする。

しかし姉の出産は予定どおりとはいかなかった。

峰子の第一子は予定日になっても生まれる気配がいっこうになかったのだ。咲子にできるのは姉の代わりに家事手伝いをすることだけ。滞在が五日を過ぎると、彼女は申し訳なさそうに咲子に言った。

「せっかく来てもらったのにごめんなさいね。そろそろ忍介さまのもとへ帰ったほうがいいわ。新婚だし、世間の目もあるもの」

「……そうね。生まれそうになったらまた一報くれる？」

実際、これ以上の長居は難しい。咲子がそう判断したのは、例の噂があるためだった。姉の出産を助けたいと思うのは、言うなれば咲子の個人的な感情だ。それで忍介の評判まで落とすようなことがあってはならない。

致し方なく、咲子は女中のたつを伴って黒田家を出た。ふたりで人力車に乗り、途中で手土産に大福を購入する。志方家へ到着したのは、昼を過ぎてからだ。

「奥様!?」

帰宅する旨を連絡していなかったので驚いたのだろう。使用人たちは慌てふためき、忍介にすぐさま連絡をいれる。

やけに大袈裟《おおげさ》だわ、と思いつつ、咲子はたつと車夫にお茶を一杯ずつ振る舞った。黒田家へ引き返させる前の、労いの一杯だ。幼い頃から面倒を見てもらっていたたつには、今自分がどんなふうに暮らしているのかを知ってもらいたかった。

そうこうしている間に、何故だか表が騒がしくなる。何事かしらと玄関へ向かうと、忍介の秘書が飛び込んでくる。細身の背広を身に着け、髪を後頭部へ向かってきっちりと固めた、性格まで固そうな男だ。

「頭取からの言伝です。奥様、今すぐにご実家へお帰りください」

「そんな。帰るも何もわたしの帰る場所はここよ」

「とにかくお戻りいただかねば、私は仕事に戻れません。お願いですからここをお出になってください」

何故、妻である自分が自宅から追い出されなければならないのか。

何かの間違いではないかと思ったが、男は忍介からの直筆の手紙も携えていた。黒田家へ戻りなさい、まだしばらく帰ってはいけない、という二行だけの手紙だ。

忍介も例の噂を知っているはずだ。今は側にいたほうが銀行のためにはいいのに。問いただす手紙を書こうと思ったが、屋敷から締め出されるほうが早かった。

呆然としている間に人力車に乗せられ、敷地からも出されてしまう。結局、追い返される格好で、咲子はふたたび黒田家へ帰省することとなったのである。

「きっと忍介さまにもお考えがおありなのよ」

姉はそう言ってくれたが、どうにも納得がいかなかった。顔だけでも見て、また明日から帰省せよと言われるならまだわかる。けれどあれではまるで、一分一秒も屋敷に置いておきたくないみたいだ。

わけがわからないわ、と咲子は心の中でため息をついた。

実は手土産に大福を購入する際、街で話を聞いたのだ。例の噂が、志方銀行の経営にじわじわと打撃を与えていることを。あの経営者は信用できぬと、他行に預金を移す顧客が少しずつ増えているという話だった。

忍介は一体何を考えているのだろう。噂に対抗する気がないのだろうか。根も葉もないことを好き勝手に言われて、社会的信用まで失いかけているというのに？

それに、いくら仕事だからといっても、結婚に関わる話ならば打ち明けてほしいと思う。何故隠そうとするのか。二十以上も年下では、頼りないのか……。

「……いいえ、考えすぎたら駄目よね」

彼の行動を責める前に、自分にできることを探したほうがいい。そう自分に言い聞かせ、向かうは奥の間だ。ひとまず布団を投げてすっきりしたかった。

これほどの鬱憤を抱えるのは久々なのだ。

「ていっ!!」

襖を閉め切ると、咲子は布団を投げ飛ばす。右肩から振り下ろし、乗り上げ、意識を混濁させん勢いで締め付けるのだ。

そうして少しだけ軽くなった心は、次の瞬間、沁《し》みるような切なさが満たした。

――お逢いしたい……。

あの広い胸に飛び込みたい。肉厚の掌で頬に触れられて、低い声で咲子と呼ばれたい。

例の噂の信憑性を高めないためにも離れていないほうがいい？　違う、それだけじゃない。理由がなくとも側に行きたい。

毎晩のように繰り返された濃厚な愛撫が欲しくてたまらない。ただ憧れていたときより、結婚してからのほうがずっと彼を好きだなんておかしいだろうか。

ぎりぎりと締め上げていた布団を抱き締め、目を閉じる。

瞼の裏に蘇る彼は、なんでもない瞬間のなんでもない笑顔だった。

（きっと、すぐに戻れるわ）

忍介さまが迎えに来てくださる。自分はでしゃばらず、大人の女らしくしとやかにして待てばいい。ぎゅっと瞼を強く閉じたあと、咲子は思いきって開いて立ち上がる。

しかしそれから三日が過ぎても、忍介からの連絡はなかった。

＊

その日は父と義兄の着物の縫い糸を解き、洗濯をする日にあたった。家事手伝いに来ている身なのだから、姉が動けないぶんは咲子が補わなければならない。とはいえ、体を動かしている間はなんとなくもやもやしたものを忘れていられるから、やることがあるというのはありがたかった。

「――大旦那！」

　そんな声が耳に入ったのは、着物の入った籐籠を抱えて中庭にさしかかったときだ。見れば、廊下を慌ただしく駆ける下男の姿が目に入る。大旦那、というのは咲子の父のことだ。義兄が婿入りした日から、使用人たちにそう呼ばれるようになったのだ。

　下男は狼狽しきった様子で、自室に入ろうとする父に言う。

「民権新聞に大旦那を悪く書き立てた記事が出ております。例の、志方銀行との癒着の噂に、さらに根も葉もない尾ひれをつけた格好です。それで、噂を気にした『政治経済塾』の生徒たちが授業を放棄して良太郎さまに説明を求めているらしく……」

　廊下の角に身をひそめ、咲子は右手で口元を覆った。良太郎叔父さまにまで迷惑が？

　ああ、どうして思い至れなかったのだろう。例の噂が影響を及ぼすのは忍介ひとりだけではない。父と、父の弟である良太郎の足だって引っ張る可能性があったのだ。

「しっ。咲子に聞こえる。あまり大きな声で言ってはいけない」

　諫める声は父のものだ。ぼそぼそと低く話しても、普段通る声はひそめきれない。

「私のことなら問題ない。事態はすべて承知の上だ。忍介君もすぐに済むと言っているし、あとわずかでカタがつくと聞いて結婚を許したのだからね。良太郎にも話は通っているだろうが、ひとまず打開策を講じるべきだろう。塾に使いに行ってくれるかい」

　父の言葉は到底理解できるものではなかった。

何が承知の上だというのだろう。すぐに済むと忍介が言った？　カタというのは一体何の？　そんなことは一切聞いていない。だが、それで忍介が結婚の許しを貰いに来た日に承知しているふうだったの？　すでに説得されていたから。

忍介と父の間には間違いなく、咲子には明かせない申し合わせがある。そしてそこから自分は完全に弾き出されている――。

部屋へ戻り、忍介に真意を問う手紙を書こうとして手を止めた。

返事が貰えるとは思えなかった。

＊

悶々《もんもん》としながら父の着物の糸を解いていると、姉が大きなお腹を抱えてやってくる。夫が心配そうに側をうろうろしているのが却って不安で、部屋を抜け出してきたらしい。

義兄の慎二《しんじ》は父の秘書を務めているため、父が在宅ならともに自宅にいるのだ。

「本当、こんなとき男性は狼狽えてしまっていけないわねえ」

そう言って初産でもゆったりかまえている峰子は、実は咲子より肝が据わっているのかもしれない。思えば縁談も即断即決だったし、身籠もっているとわかったときも普段どおりだった。

「姉さまが終始その調子だから義兄さまが気を揉むんじゃないかしら……」

「やあね、わたくしが何も考えていないみたいに」

子供を叱るようにちょっと睨《にら》まれて笑ってしまう。考えてはいるのだろうが、姉のことだからきっとその考えも少し可愛い方向にずれていると思う。

結婚を決めた見合いでもずれていたのだ。事前に父から聞かされた見合い相手の名『慎二』を、あろうことか姉は『シンディ』と聞き間違えた。外国人だと思い込んだのだ。そして英語の挨拶を練習して彼の一家と対面した……という話は今や語り草になっている。

「忍介さまだって、咲子ちゃんがわたくしと同じようになったら動揺するわ。きっと」

「……そうかしら」

「そうよ。忍介さまなんて特に、咲子ちゃんを小さい頃から大事にしてくださっていた方なのよ。心配で心配でいてもたってもいられなくなるに違いないのよ」

本当だろうか。過去は大事にされていたと思うが、今は自信がない。このまま離縁されてしまったらどうしようと心配になるほど。

（そもそも無理があったのではないかしら。二十二も年の離れた結婚なんて）

返答できず黙り込んだ咲子を見て、峰子は思うところのありそうな顔をする。それから気遣わしげな声で切り出した。

「ねえ、覚えてる？　わたくしの結婚披露パーティの日、忍介さまが咲子ちゃんのパートナーとして付き添ってくださったこと」

ええ、と咲子は頷いた。忘れられるわけがない。緊張の真っ只中にいた自分を支え、慣れた仕草で余裕たっぷりに導いてくれた彼のことを。

あれは十三の時――。

義兄と姉の結婚は順当に決まり、お披露目は絢爛《けんらん》な会場で行われた。いわゆる舞踏会という形で、盛大にだ。黒田家にとっては跡取りの披露なのだから規模が大きいのは当然だった。だがお転婆な咲子は、華やかな場に突然出されてもしとやかに振る舞う自信などなく、完全に萎縮《いしゅく》してしまっていた。

そんなとき、腕を貸してくれたのが当時三十五だった忍介だ。

『今日は俺を兄と思い、安心してすべてを任せていなさい』

てっきりエスコート役は叔父だと思っていたので、会場の入り口でそう言われて咲子は本当に驚いた。どうやら父が、飾りっ気のない良太郎では愛娘のパートナーとして格好がつかないと判断して忍介に頼んだらしいのだが、それならそうと先に言っておいてほしかった。心の準備がまるでできていなかった。

「咲子ちゃん、真っ赤になっちゃって。ダンスのときも忍介さまに見惚れるばっかりで覚束なくて……だけど、全部忍介さまが危なげなく助けてくださったわね」

咲子だけではない。列席者は皆、目を見開いて忍介に見入っていた。というのも、三十五の忍介には今ほどの渋みはなく、会場中の誰より色気ある麗々しい紳士だった。

そのうえ、慣れない少女を手際よくエスコートし、まったく隙のない立ち居振る舞いをしていたのだから注目されないわけがない。

従者を介して声を掛けてくる女性も多くいた。だが忍介はそれらを片っ端から断って、咲子の側に絶えず居続けた。兄と思えと言われたが、そんなふうに思えるわけがなかった。

「……あのときのダンス、今でもはっきり覚えてるわ。深く考えずに俺だけを見ていればいいって、忍介さまが言ってくださって」

この先もずっと彼だけを見ていていいのだと許された気がした。

思えば、初めて彼との結婚を意識したのはあのときだった。こんな方と一生添えたら、毎日が夢のようだと思った。縁談が決まってからもその延長線上にいて、ずっと地に足がつかないような、ふわふわした気分だった。だが、今は……。

支えになりたいわ、と咲子は思う。

妻として、夫である彼の力になりたい。彼が望む、開かれた国をともに作っていきたい。

そんな未来を誰よりも近くで見つめていたい。

「ねえ姉さま。忍介さまはね、あのときも素敵だったけれど、今はもっと素敵なのよ」

「まあ。咲子ちゃんは白髪交じりのおじさまがお好みだったのね」

「そういうことじゃないの！　忍介さまの志はとても明確で高いの。お仕事について語るとき、とても凛々しく見えるの。本当に……ご立派なのよ」

あの横顔は妻にしか目にできないものだ。そう考えると余計に誇らしくて、自分もじっとしていられないと思う。

「ふふ。幸せなのね。よかったわ」

峰子は夫の羽織から糸を抜きつつちょっと笑ってみせる。

「その……心配してたのよ、わたくし。もしかして咲子ちゃんが忍介さまとうまくいっていないんじゃないかって」

「え？」

「ごめんなさいね。でも、ほら、ね……忍介さまって今年で四十二歳になられたのでしょう？　お若そうに見えても年齢的に、ね？」

もじもじと父の着物を弄りながら言うさまを前に、思わず脱力してしまう。聞きたいのは間違いなく夜の生活のことだろう。やはり姉は少しずれている。

そんな気遣いも、ありがたいことに変わりはないのだけれど。

「姉さまったら。大丈夫よ。忍介さまの評判、耳にしたことがあるでしょ？」

「評判？」

「ええ。世間で言われているとおりの方だから、それは無用な心配よ」

遠回しに忍介の欲求の強さを肯定したのに、姉は不思議そうに首を傾げる。

さながら通じていないといった反応だ。女性が皆遠巻きにしていたというからにはよほど有名な噂なのだろうに、姉は知らないのだろうか。

「ほら、あの噂よ。それで彼、今まで独身でいたんじゃない」

「何のこと……？　忍介さまがいつまでも独身でいたのは、お眼鏡に適う女性がいなかったからでしょう。他に噂なんて聞かないわ。咲子ちゃんだって聞いていないでしょ」

当然のような言葉に、どう返答をしたら良いのかわからなかった。言われてみれば、咲子は社交界にも頻繁に顔を出していながら忍介の夜の噂をひとつも耳にしたことがなかった。だから忍介の口からそうと聞いて驚いたのだ。

では、米国へ渡ってから始まった噂なのだろうか。だが、そうすると彼は海の向こうの話を咲子に知っているはずだと詰め寄ったことになる。

まるで、逃げる言い訳を与えないかのように。

「……忍介さまのお考えは大半が謎だわ……」

わからないことが多すぎて、雲とでも添っているような気分だ。それでも少しも嫌いになれないのは、謎を覆い隠してあまりある魅力が彼にあるからにほかならない。

――釣り合わなくたって、どれだけ遠ざけられたって好きよ。

熱っぽい感情に今日何度目かのため息をついて、解きものの続きを始める。はらりと解ける糸は、悩みやもやもやを一緒に取り払ってくれるもののように見えて、なんとなく気持ちが軽くなってゆく。と、廊下をやってくる忙しない足音が聞こえて咲子は顔を上げた。

「咲子お嬢様、こちらにいらっしゃいましたか」

初老の女中たつだ。洗い物でもしていたのか、小さい体にきちっと襷《たすき》掛けをしている。

「良太郎坊っちゃまがお越しです。応接間で咲子お嬢様をお呼びですよ」

「叔父さまがわたしを？　お父様に会いにいらしたのではないの？」

「はい。ですがその前に咲子お嬢様にお会いしたいそうです。お話がおありだとか」

しわくちゃの右手が示しているのは応接間だった。

＊

「咲子！　一カ月と少しぶりだね。会いたくて会いたくてたまらなかったよ！」

応接間で待っていた良太郎は咲子を見るなり腰を浮かせて笑顔になった。幼い頃から再会の日の反応は常にこれで一貫している。

「良太郎叔父さま、お元気そうでなによりです。その、申し訳ありません……わたしの所為でご迷惑をおかけしてしまって」

自分の結婚が塾運営の足を引っ張ってしまっていることを詫びると、彼はすぐに顔の前で手を振った。

「咲子の所為じゃないよ。きみは何も悪くない」

「叔父さまはわたしに甘すぎますわ」

「いいじゃないか。姪に誰より甘い叔父がいたって」

優しい声でそんなふうに言われると泣きたくなってしまう。

「……本当にすみません。こちらにも足を運ばせることになってしまって」

「いや、今日はもともと外に出る用事があったんだよ。いつものほら、政治経済の先行きに関する指南ってやつ」

政治家を育成する塾を開いている叔父は、時折、現役の政治家にも道を乞われることがある。智慧《ちえ》者なのに驕らず飾らず、自然体でいる良太郎だからこそ、説《と》く道にも説得力があるというもの。

「叔父さまは本当にご立派ですわ。わたしの自慢です」

咲子がそう言うと良太郎は恥ずかしそうに後ろ頭を掻き、いやあと呟きながらあぐらをかき直した。照れながらも感激しているようだ。それから気を取り直し、口を開く。

「でさ、本題はここからだ。昨日忍介の顔を見に行ったんだけど、そのときに咲子をまだこっちに置いてるって聞いたから心配になって。……元気がないね、やっぱり」

まだ、ということはつまり、帰省している件はずっと知っていたのだろう。咲子が志方家を離れている事実は、街でもう噂になっているのかもしれない。父は娘に気を遣っているのか、何も言わないけれど。

——やはり志方家へ帰宅すべきなのではないかしら……。

考え込む咲子を見て、落ち込んでいると思ったに違いない。良太郎は短く吐息を漏らしてから、観念したかのように口を開いた。

「忍介には怒られそうだけど、ぼくはやっぱり咲子の笑顔が見たいから言ってしまう」

中庭に雀《すずめ》が降りたのか、チュイッと高い鳴き声が聞こえる。

「実は今あいつ、大熱で寝込んでるんだ」

「お、忍介さまが?」

「ああ。風邪らしいんだけど、寝不足と重なって悪化しちゃってね」

風邪——いつからですかと訊ねると、返ってきたのは「三日前の夜から」という答えだった。咲子が不意打ちで帰宅した日の夜だ。すると追い返されたあのときすでに、忍介は具合が悪かったのかもしれない。

そういえば、手紙の文字がなんとなく覇気のない感じだった。

「咲子は黒田家でも散々働いた上に、自宅へ戻るなり病人の看病じゃ休まらないだろうから黙ってろってさ。忍介のやつ、まったく強がっちゃって」

「そんな……夫婦ですのに……!」

「だろ。あいつは自分が全快するまでこちらにきみを置いておきたいらしいけど、咲子はどうだい？　忍介に逢いたいかい？」

確認されるまでもないことだった。

「はい。今すぐに」

逢いたい。いかなるときでも寄り添っていたい。間に合うものなら、この手で看病をさせていただきたいと思う。即答した咲子に、良太郎は満足したように笑ってくれる。

「わかった。ならば帰宅の準備をしなさい。信用できる運転手に内緒で車を回してもらうから、それまで黒田家にいるんだよ。決して勝手に移動したらいけない。いいね？」

言い聞かせるように語ると、手元の紙に車の手配を頼む旨を記して、連れてきた人力車の車夫に渡していた。恐らく、いつも呼んでいる車を呼ぶのだろう。

父が応接間にやってきたのは間もなくだ。事情を説明してから廊下へ出た咲子は駆け足で奥の間へ行き、自分の荷物をまとめる。姉と母、たつにもお別れを言って玄関を出る。

そうと決まれば、もはやじっとしてなどいられない。

敷地内で待機するのももどかしく、手荷物の入った鞄を抱えて門を出たり入ったりする。道の先から呼ぶ声が聞こえてきたのは、二十分ほどあとのことだった。

「咲子さん！」

五分刈りの頭に着古したシャツ。こちらへ向かってくる黒い車の車体から身を乗り出し、咲子を呼んでいるのは……山岡だ。

どうして彼がここに。

一瞬身構えたものの、きっと叔父は山岡を信用して呼び寄せたのだろうと思う。彼だって一応は良太郎に師事する人間なのだ。ましてや、咲子が山岡に言い寄られていた過程を叔父は知らないのだろうから、多少の気まずさは致し方ない。

「山岡さん、叔父が呼んだ車というのはこちらね？」

「……はい。さあ乗ってください。早く」

山岡の返答には少しのぎこちなさがあった。

車も、いつも叔父が呼んでいるものとは車種も運転手も違う気がする。だが、きっと急ぎで用意したからだ。そう納得して山岡の左隣に乗り込むと、車は急発進した。

「きゃ」

座席に背中から叩きつけられた次の瞬間、右にすれ違ったのは空の人力車だった。引いているのは志方家の車夫である一郎だ。こんなところで何をしているのだろう。

刹那「待て山岡ッ」と叫ぶ声が聞こえ、振り返るとハンチング帽を被った人間が追いかけてくるのが目に入る。忍介と外出した日に何度も見かけた、例の男だ。

「ど、どういうことなの……？」

わけがわからなかった。あの男が山岡の名前をどうして知っているのか。何故、焦って追ってくる必要があるのか。

混乱しきった咲子の肩を、当然のように抱いて山岡は言う。

「大丈夫ですよ。咲子さんは僕が護ります。あなたを取り巻く薄汚い陰謀からね」

「……え」

「親切な方々と出会ったんです。彼らなら僕らの駆け落ちを手助けしてくれる」

駆け落ち――それは山岡と咲子の、だろうか。

「おっしゃっている意味がわからないわ……」

「僕はわかっていますよ。あなたが父親と夫の政治的陰謀に利用されていることも、本当は志方忍介を好いてなどいないということも」

恍惚とした声と、背中を撫で下ろす掌の感覚にぞっとした。山岡の様子がおかしい。

ああ、もしや、先ほどすれ違った一郎こそが叔父の呼び寄せた車だったのでは。気付いて体を硬くしたが、もう手遅れだ。

山岡の手はしっかりと咲子の両手首を背後で捕まえて離さない。あまつさえ車は猛スピードで通りを行き、降車はおろか飛び降りるのも無謀《むぼう》といった様相《ようそう》だ。

澄み切っていたはずの空はいつの間にやら暗く濁《にご》り、鼠色の雲を立ち込めさせていた。

5、

咲子略取《りゃくしゅ》の第一報は、志方家に引き返した一郎によってすぐさま忍介のもとへもたらされた。

「申し訳ございません、旦那様！」

寝室の床に土下座する一郎を一瞥《いちべつ》し、忍介はベッドを出る。誘拐……想定しうる限り最悪の事態に、寝付いてなどいられるはずがなかった。

「山岡か……あの岡惚れ小僧が、学生の分際で」

良太郎の教え子である山岡が咲子に想いを寄せていることは、米国にいる間に良太郎から報告を受けて知っていた。だから結婚にあたり、山岡にだけは真実を伝えたのだ。

咲子の長い片想いが実ったのだと――完全に諦めさせるために。

「おい一郎、頭ァ上げろ。俺の許可なしに持ち場を離れたテメエの処分はあとだ。今は咲子の救出を最優先にする」

寝巻きのガウンを脱ぎ捨てると、背筋に寒気が走ったが気にしている場合ではない。素早くハンガーに掛けてあったシャツを羽織り、背広の上下を着込む。

「出歩くなど無茶です。まだ熱がおありなのですよ！」

「もたついている時間はねェんだよ。咲子は俺のものだ」

ベストのボタンを留めながら、忍介はこくりと喉を鳴らした。たった一週間離れていただけなのに、喉の奥から湧いてくるこの飢えは何なのか。じわじわと彼女を求める衝動が、彼女のすべてを知らねばならぬという逼迫《ひっぱく》感が、膨れ上がって消えてくれない。

知りたい。知り尽くしたい。自分だけがそのすべてを手の中に収めていたい。考えてみれば、他人より知っているという自負の念は独占欲と直結していたように思う。

始まりは、きっと六年前だった。

＊

あれは忍介が三十六、咲子が十四の春だった。

「忍介さま！」

呼び止められたとき、忍介は鹿鳴館の庭に面する回廊にいた。

舞踏会に疲れてしまい、このままひっそりと会場を出るつもりだったのだ。なにしろ会場内にいれば、立っているだけで次々と年頃の令嬢を紹介される。こちらには結婚する気などないのに、これが正義と言いたげに引き合わせられるのが鬱陶《うっとう》しかった。

きっとそのうちのひとりの女が追いかけてきたのだろうと忍介は思う。聞こえないふりをして立ち去ってしまおうとすると、声はもう一度投げられた。

「お待ちください、忍介さまっ」

なんとなく聞き覚えのある響きだ。

振り向いて認めたのは黒田咲子——友人である黒田良太郎の姪の姿だ。花嫁候補ではなかったことに、胸を撫で下ろしたことは言うまでもない。

「ああ、咲子か」

丈の長い瑠璃色の夜会服に、編んだ髪を後ろで軽く結わえたスタイルはいまどきの若い娘そのもの。とはいえ、十四になったばかりの彼女は幼い日の面影もそのままに、可憐というより凛々しい顔立ちをしている。

「おまえ、父上はどうした。今日は母上の代わりに伴としてやってきたんじゃないのか」

「はい。ですが、抜け出して参りました。その……ちょっと退屈で」

「退屈？」

咄嗟に頭に思い浮かべたのは自分と同じ境遇だ。もう見合い相手にでも引き合わせられているのだろうか。早すぎるだろう……いや、十四ならそんな話もぼちぼち出始める頃か。

するると、咲子はつまらなそうに眉を八の字にして言う。

「だってお父様ったら、ゆっくりした曲でしか一緒に踊ってくださらないんですもの。わたしはもっと激しいダンスがしたいのに」

あっけらかんと打ち明けられた言い分に、忍介は思わず噴き出してしまう。

活発な咲子らしい。木登りをして父上を真っ青にさせていた頃と変わっていないではないか。体力を持て余して退屈とは、まだまだ淑女とは言えまい。

「同じ年くらいの男を誘えばいいだろう。いたじゃないか、ふさわしい青年が何人も」

二階の舞踏会会場を指差して勧めると、むうっとむくれた顔をされる。

「……興味ありません」

「パートナーに興味がなくてどうやって激しいダンスを踊るんだ？」

「わたしは……お父様以外の男性と踊るなら、相手は忍介さまでなきゃ嫌です」

なんと可愛いことを言ってくれるのだろう。

初めて会ったときから彼女はこうだ。何がお気に召したのかはわからないが、顔を合わせるたびに忍介さま忍介さまと一生懸命に追いかけてきた。

「ならば踊るか？」

手を差し伸べたのは、ちょうどテンポの良い曲が二階の舞踏会会場から聞こえてきたからだ。可愛い少女に指名を受けているのに、退屈だからと帰宅する選択肢はなかった。

「よろしいんですか!?」

「よろしくなければ誘わねェよ。ほら、来い」

向かい合って彼女の細い手を取り、回廊の床のタイルを踏み鳴らし踊り始める。軽いステップにターン。すらりとした体型の彼女には派手な動きこそが似合う。

足下に複雑な影を落としているのは、イスラム風の文様が刻まれた鉄柵だ。その向こう、池のほとりで背の高い洋灯が月より明るく光っている。

「うまくなったじゃないか。去年の姉上の結婚披露宴では凍りついていたのに」

「練習したんです。だって、忍介さまが教えてくださったダンスですもの」

「咲子は本当に努力家だな」

感心してしまう。この素直さで、あの変人と名高い良太郎の姪とは信じ難い。すると褒められて嬉しかったのか、咲子はまん丸の目を輝かせてこちらを見上げた。

「それから、乗馬も始めたんです！」

「へえ、俺も馬に乗るのは得意だぞ。今度教えてやろうか」

「はいっ。わたし、忍介さまがお得意とお聞きしたから乗れるようになりたくて」

何故ここまで彼女に懐かれたのか、忍介には心当たりがなかった。兄と思えと言ったことはあるが、去年の話だ。それ以前から彼女はこうだ。

やけにきらきらした目でこちらを見る。忍介が思わず頬を緩めてしまうことを言う。

贈り物を続けてきた所為だろうか。思えば、この可愛らしい反応が見たくて、忍介は幼い彼女に折につけ舶来品《はくらい》を贈ってきた。西洋人形にドレス、珍しい菓子までも。

芸術家のパトロンのようなものだな。そう納得して踊っていると、咲子は息を弾ませて言った。

「わたし、もっと頑張って覚えます」

「何をだ？」

「お勉強も、ダンスも、お料理も、乗馬も、忍介さまがお好きなもの全部！」

軽やかにステップを踏む彼女は、もともとほんのり赤い頬をさらに紅潮《こうちょう》させている。良太郎の気持ちがわかるようだ。こんなに可愛い姪がいたら、当然独身主義に拍車もかかる。

「そんなに頑張っても褒美など出ないぞ」

少々からかってやろうと思ったのに、いえと迷いのない答えが間髪を容れずに返された。

「ご褒美なんていりません。咲子はもう子供ではありませんから」

「本当か？　舶来のキャンディも、珍しい文箱も？」

どちらも以前彼女が欲しがっていたものだ。しかし咲子はふるふるとかぶりを振って、ふいにステップを踏む足を緩める。忍介も自然と動きを止めて、そこに留まった。

か細い手を、なんとなく握ったまま。

「その代わり、お願いがあります」

こちらを見上げる瞳は、真っ直ぐだが揺らいでいるように見える。

「なんだ。ものではないものをおねだりか」

てっきり公園にでも連れて行ってほしいとせがまれるのだろうと思った。動物園で珍しい動物が観たいとか。だが、彼女は肯定も否定もせずにこちらをじっと見つめる。

「わたしを……」

遠慮をするように数秒の間があって、忍介は「うん?」と先を促す。

桃色の唇がふたたび開いたのは直後だった。

「わたしを、忍介さまの妻にしてくださいませ」

何を言われているのか、すぐさま理解できるはずがなかった。

つい先日まで鼻の頭を黒くして外を駆け回っていた咲子の口から出た単語が……妻。それだけではない。彼女は他の誰でもなく、忍介に娶ってほしいと願っているのだ。

呆気に取られている隙に恋文まで手渡されて、完全に動転した。

何かの間違いか、でなければ冗談だろう。

「こういう悪戯《いたずら》をするのは俺か良太郎だけにしておけよ。本気にされたら大変だ」

受け取った恋文をすぐさま彼女の手の中に返す。余裕を持って大人の対応をしたつもりだったのだが、却って良くなかったらしい。

「い、悪戯などではありません！　わたしは本気で忍介さまをお慕いしております！」

必死の勢いで斜め下から訴えられ、忍介は自然と背中を少し反らせる。

「……あのな、俺はおまえの父上とほとんど年齢も変わらない。二十二も年上の男だぞ」

「存じております。けれど好きなんです」

「やめろ。おまえは幻想を見ているだけだ。身近にいる、自分に良くしてくれる大人に甘えたいだけだ。何年かすれば必ず忘れる」

あからさまにならぬよう、そっと体を離す。自然な動作だと忍介は思ったのだが、咲子は途端に寂しげな表情になり、恋文をみぞおちの前で握り締めて俯いた。

こちらの胸まで痛むような仕草だった。

「いいえ。わたしが忍介さまに惹かれたのは……そんなに単純な理由では」

一瞬、申し訳ない感情が湧き上がる。気持ちだけは嬉しいと言って頭でも撫でてやったほうがいいだろうか。

いや。ここであまり優しい顔をして期待させては、これからの彼女のためにならない。

「……残念だが、俺は地に足の着いていないガキに興味はない。俺の好みは二十歳以上の、分別ある落ち着いた大人の女だ」

本当はそんな女に興味はなかった。

しとやかで作法を重んじる、古風な令嬢とは過去に何度も見合いをしている。その誰にもぴんときたことはない。

伝統は大事だが、自分が守り抜きたいものとは違う。これから開ける新しき世に必要なのは革新、古きを打ち破れる強い精神だと忍介は思っていた。

娶るなら新時代をすぐ隣で見つめてくれる女がいい。他者からの視線や批判、そして過去の価値観に負けぬ女でなければ。

つまり忍介は単に咲子を諦めさせようと、彼女とは真逆の性質をあえて好みとして挙げたのだ。しかし、そこで音を上げるようなら咲子ではない。

「諦められません。初めてお逢いしたときからお慕いしてきたのです」

「おまえはまだ十四だ。若すぎる」

説得力のある言い分だと思ったのだが、通じた様子はなかった。

「ならば、わたしが二十歳になった暁には貰ってやってくださいませ」

舌を巻くとはこのことか。

まさかそんなふうに喰い下がられるとは塵《ちり》ほども予想していなかった忍介は返答に詰まった。これ以上どう言って諦めさせたらいいというのか。

困っている間にも、咲子は攻勢を強めて忍介をさらなる窮地《きゅうち》へ追い込んでしまう。

――あなたが望むならきっと落ち着いた女になります。二十歳になるまで独身でおります。お考え直しいただくためなら、行かず後家にだってなる覚悟があります。ですから。

詰んだ……と思った。

彼女は女としてもっとも華やかな時期を忍介にすべて捧げるつもりだ。ここまで女に言わせておいて、にべもなく袖にしたら江戸の男の名が廃《すた》る。

「……わかった」

忍介は咲子に両の掌を見せて降参を表明する。わかった、もう充分だ。

「おまえを嫁に貰おう」

「ほ、本当ですか!?」

「男に二言はねえよ。ただし条件付きだ。嫁に貰うのは、おまえが二十歳になっても相手がなく、行き遅れていた場合に限る。親の決めた結婚に逆らうのもなしだ。あと……」

こうして生まれたのが例の約束だ。しかし実現するとはゆめゆめ考えていなかった。

なんといっても期限は六年後、彼女の二十歳の誕生日だ。いかに健気な咲子とはいえ、六年もあれば他所に目が行く。老いていく自分への興味は失せていくはずだ。

そう思って余裕を持って接していられたのは、四年前までだったか。

咲子は知らないだろうが。

＊

「連絡が入りました。横浜です。咲子様は横浜の港におられます！」

部屋に飛び込んできてそう告げたのはハンチング帽を被った男だ。流行りの帽子の中でも色合いが少々特殊なそれは、忍介が咲子の護衛の目印にと被らせたもの。

米国へ発つ直前、忍介は極秘で咲子の側に護衛を置いていった。というのも当時頻発していた、名家の令嬢ばかりを狙った誘拐事件――。

渦中にいたのは忍介だった。

豊富な財を狙ったのか、はたまた他に恨みでもあるのか。理由ははっきりとしないが、被害者は揃いも揃って忍介の見合い相手で、身代金は必ず志方家に要求されていた。

「横浜……国外へ逃亡するつもりか。山岡単独の犯行ではないな」

「はい。報告によると凶行を手引きしているのは例の令嬢誘拐事件の犯人団であるとのこと。近頃彼らへの監視を強化していましたから、山岡を使ったのでしょう」

やはり動いたか、と忍介は視線を鋭くする。

単なる見合い相手でさえ道具にされたのだ。妻となれば必ず狙われると思っていた。ましてや情があると知れたら、大金をせしめる為の恰好の標的にされる。

だから例の噂をわざわざ流布させ続けていたのだ。彼女は代わりのきく妻で、攫《さら》うまでもないと犯人団に思わせておくために。

「これを機に組織ごと殲滅《せんめつ》しましょう。準備は整っておりますから」

「死に急ぎたい奴ばかりだな。手加減できる気がしないから助かるが」

忍介はくぐもった声で零して部屋を出る。そうだ、準備なら少しずつ整えてきた。もうすぐカタがつくことを説明して、咲子の父親にも例の噂に耐えてもらったのだ。説得には、帰国してから彼女の家へ挨拶に行くまでの半年を要した。そうして何度も密会を重ねるうちに、癒着しているという噂の火種ができたのだろうが。

咲子には気付かれない間に、彼女を怖がらせないうちに、始末するつもりだった。

(……咲子)

一刻も早くこの手に取り戻す。彼女の様子が知れないと狂いそうになる。自分に把握できない時間を過ごされると、胸を掻きむしりたい衝動に駆られる。

この四年の間、忍介が米国にいて安堵できる方法はひとつしかなかった。それは咲子の様子を常に確認しておくことだ。

咲子の護衛からその報告を受けるときだけ、ひりひりとした渇きがいっとき潤《うるお》った。

――決して攫われぬように、知りたい。

知っても知ってもまだ足りない。なにしろ彼女だけが忍介の脳裏に明瞭な未来を予想させた。ともに志を背負っていけると思えた女なのだ。誰にも、微塵《みじん》も譲る気などない。

車に乗り込んだ忍介はシャツの襟を軽く開き、焼け付く胸から長い息を吐いた。

＊

潮騒《しおさい》が聞こえる。赤煉瓦の壁の向こうから、わずかずつ侵食《しんしょく》するように響いてくる。どうやらここは横浜港の波止場近くにある、外国人居留地の跡地らしい。条約が改正されて居留地制度が廃止になり、住人は他所へ引っ越して行ったのだろう。洋館内には人影がないどころか家具さえ残されていない。窓は閉め切られて海の匂いは薄いが、唇を舐めると確かに塩辛さを感じた。

「さあ、教えてください。あなたのお父様と志方忍介はどんな取引をしているのです？」

「取引？　何のことかしら」

両手首を胸の前で縛られ、椅子に腰掛けさせられた状態で咲子は気丈に述べる。ひんやりとした空気に漂うのは剣呑な雰囲気だ。このまま積荷とともに外国船に乗り、イギリスへ逃亡するというのが山岡の計画らしい。

船に乗せられたらおしまいだ。

「とぼけないでくださいよ。真実を吐いておいたほうが今後の咲子さんのためになる。不正な取引の証言をネタに、僕は彼らから駆け落ちの資金を調達するんですから」

「先日お話ししたときから思っていたけれど、山岡さんは政治家より小説家の才がおありだわ。空想がとてもお上手だもの」

どうやら彼は完全に咲子の父と忍介の黒い噂を信じているようだった。そうして、咲子が忍介に長く片想いしていたという話を嘘であるとするために。

何を言っても信用してもらえず、咲子は嘆息《たんそく》しながら視線を地に落とした。

足は縛られていない。小娘と思って油断しているのだ。走って逃げようとすれば逃げられる。だが、建物の外に出られるかと言えば可能とは思えなかった。

扉の外には見張りがいる。咲子が見ただけで三人。山岡の逃亡を手引きする仲間だ。無闇に駆け出して捕まるより、好機を待って確実に逃亡するべきだ。

今の咲子を支えているのは、絶対に自力で逃げ出してやる、という強い意志だった。

「咲子さんは強がるのがお上手ですね。驚きました」

「あら、強がった程度で驚かれるの？　わたしをどれだけ軟弱な令嬢だと思っていらしたのかしら」

強気の態度で接していたのは、以前良太郎の家の外で話したときのように、山岡が怯んでくれるのではないかと思ったからだ。

「そうやってはぐらかしているうちに助けが来ると信じておいでですか？　そろそろ観念なさったほうがいい」

「あなたこそ、父から簡単に現金を奪えると信じているなら大間違いよ」

咲子は笑顔で山岡を見上げる。そうだ。たとえ誘拐されて身代金を要求されても父は払わない。それは幼い頃から姉と一緒に言い聞かせられていた黒田家の家訓だった。

「わたしは政治家の娘。たとえばわたしの命と引き換えに民権が脅《おびや》かされるとき、父は民権を選ぶことになっているの」

だから自分の身は自分で守れと言われて育った。それで姉の峰子は家と自らを守るために極力出歩かず、しとやかで世間知らずな性格になったのだ。

外を出歩くのに危険が伴うことは、姉妹ともに物心がつく頃すでに知っていた。

それでも咲子は閉じこもってなどいられなかった。元来お転婆だったこともあるが、八つを過ぎて護身の術を磨くことを選んだのは、近代化してゆく社会を目の当たりにしていたかったからだ。

忍介が嬉々として語る、開かれてゆく国を肌で感じていたかった。

「いわれのない悪評に屈する父ではないわ。主人だって同じこと。卑怯な手段を使って得られる銭なんて一銭もないと思いなさい！」

彼らの無実を信じている。ふたりに世間が噂するような取引は絶対にない。

(この程度の窮地に動じてなるものですか)

キッと斜めに睨んでやると、山岡はわずかに目を細めた。気に入らないといったふうだ。

それから咲子が座っている椅子の背もたれを摑み、椅子ごと咲子を床に転がす。

「きゃ……っ」

じる。

「ならば、二度と志方姓を名乗れないようにして差し上げますよ」

感情がこもっていないのか抑えているのか、判別がつかないような平板な声だった。

冷えた床の上で帯を解かれ、かんざしを抜かれ、着物の前をはだけられて咲子は身をよじる。

「な、なにをするの」

「一度でも僕のものになれば諦めもつくでしょう」

冗談ではない。忍介以外の男には指一本触れられたくない。だが、ひとつに括《くく》られた腕を頭の上で押さえつけられては動けない。

「安心してください。四十を過ぎた男よりずっといい思いをさせてみせます」

「や……っ、嫌!!」

「好きだ。西洋人形のように可憐なあなたを、手に入れたいとずっと思っていた」

長襦袢の前を割って、胸元を撫でる指先にぞっとする。もしもこのまま山岡のものにされてしまったらどうなるだろう。一度でも別の男に体を許した妻を、忍介は受け入れてくれるだろうか。ああ、その前に自分で自分が許せそうにない。

必死で脚をばたつかせる咲子の膝の間に、山岡は得意げな顔で体を割り込ませてくる。太ももを摑む手は身勝手で、忍介の情熱的な手とはあまりにも違う。

かくなる上は、と咲子は自らの舌に歯を立てた。

彼以外の男のものになるくらいなら、このまま。

忍介ほど魅力的な男性なら、きっと次の妻もすぐに見つかるはずだ。後妻は貰わないと言っていたけれど、彼のほうは好きで結婚したわけではないのだからそんな義理はない。

（たったひと月でも、妻にしていただけて幸せだったわ）

約束は果たしてもらえた。長い片想いは充分に報われたし、これ以上望むことはない。

だが、いよいよ顎に力を込めようとしたとき、はたと思い至った。

もしも自分がここで命を落としたとして、志方銀行はどうなる？

頭取の妻が誘拐された上に死亡するような銀行に、顧客は資産を預けたままにするだろうか。不用心だ、縁起《えんぎ》が悪い、安心して取引できぬと手を引く者も出てくるのではないか。

すると銀行の経営はついに行き詰まり、新規事業を支援などしていられなくなる。

つまりこの瞬間、咲子の行動にかかっているのは忍介の志ということになる。

――死ねない。

今すべきなのは逃避ではない。生きて忍介のもとに戻り、この誘拐事件が世間に知れ渡るのを阻止すること。それが妻として今できる最良の選択だ。

ゆるりと咲子は全身の力を抜き、抵抗をやめる。

「……そう。やはり形だけの結婚に立てる操はありませんか」

諦めたわけでも納得したわけでもないのだが、山岡はそのように解釈したらしい。胸の膨らみに頬をすり寄せ、微笑む顔は満足そうだ。

「船に乗り込むまで時間はありますから、じっくりと愛し合いましょう。あなたの体から、志方忍介の痕跡をすっかり消し去るまでね」

大丈夫。奥歯を噛んで、嫌悪感に耐える。

逆らって今以上に厳しく拘束されたら、それこそ逃げ出せなくなる。ひとまず限界まで耐えながら逃げる隙をうかがうしかない。

彼の志を守るためなら我慢できる。

忍介が望む未来を、咲子だって同様に愛しているのだから。

「――おか、山岡！」

焦ったような声が聞こえたのはそのときだった。間を置かずして部屋の扉が開き、廊下の光が咲子の頭上に真っ直ぐ差し込む。それを踏み荒らすように、外で見張りをしていたらしい年配の男が飛び込んでくる。

「裏切り者が出た……っ。いや、密偵がいたんだ。志方の息のかかった者が我々の中に紛れ込んでいた」

「なんだって」

山岡も虚をつかれたのだろう。咲子を放し、体を持ち上げる。頭上で押さえられていた両手が解放され、咲子は思わず息を呑んだ。

手首を結わえていた縄がいつの間にか解けている。

「完全にしてやられた。すでにこの場所は志方側に漏れている。自分の身は自分で守れ。我々は逃げる」

忍介がこの場所を見つけてくれた。それが真実ならば、自分はその胸に飛び込むだけではないか。咲子は開かれたままの扉を横目で確認し、見張りの男が出て行くのを見守りつつ、前がはだけた着物をそっと脱ぎ捨てる。

今なら駆け出していける。だが、ただ逃げただけではすぐに捕まって連れ戻される。少しの間だけでも山岡の動きを封じなければ。

思いつく限り、その方法はひとつしかなかった。怖いけれど、やるしかない。

「見つからないうちに船に乗り込みましょうか、咲子さん」

そう言って外を確認し、振り向いた山岡の懐に、咲子は立ち上がりざまに飛び込んだ。両手で摑むのは山岡のシャツの襟元だ。あとはくるりと方向を変え、彼を背負うようにして放り投げればいい。

「せぇいッ!!」

咲子の技が優秀だったわけではない。山岡が油断していたのだ。投げ飛ばされた彼は背中から床に落下し、ぐうっと唸る。その声を聞くや、咲子は長襦袢一枚で洋館から駆け出した。

——やった……！

実際に男を投げたのは初めてだ。まぐれだろうが、こんなにうまくいくとは思わなかった。跳ねる心臓を押さえ、長い髪を翻して、同じような洋館が建ち並ぶ一角を走り抜ける。咲子が囚われていたのは外国人居留地跡地の奥にある建物だったらしい。海に面した通りを駆けても、人の姿は見当たらない。

(忍介さま、どこにいらっしゃるの……!?)

だが、山岡もやられたままではいなかった。

「待て、この女……！」

追いつかれるのはあっという間だった。肩を摑まれ、拒否する術もなく振り向かされる。煉瓦の壁に叩きつけられると、すぐ傍に水路が見えた。海へ繋がる用水路だ。

「優しくしてやろうとすればこの仕打ちか。もう許さない。僕のものにならないなら命ごと奪ってやる」

じりりと迫る山岡は、怒りのためか頬を紅潮させている。完全に常軌《じょうき》を逸している目だった。咄嗟に水路へ飛び込もうとしたものの、狡猾《こうかつ》な腕に阻まれてしまう。

「自害などさせてたまるか。あなたの命は、永遠に僕のものになるんだ」

伸びてきた両手が咲子の喉を摑み、ぐっと力を込めた。息がそれきり吸えなくなる。

もう一度投げ飛ばすことができるだろうか。いや、一度は成功しても二度目はないだろう。山岡も警戒している。ああ、こんなときに薙刀があれば。せめて棒切れ一本手に入れられたら、反撃の糸口もつかめるのに。

絶体絶命の危機に際してまだ足掻こうとする咲子は、そのときかすかな足音を聞いた気がした。革靴が地面を踏みしめる音……気の所為だろうか。

もう、目の前が霞んできた。

けれど諦めきれない。忍介さまを。彼の夢を。

すると、

「――おい、山岡ァ」

耳に飛び込んできたのは、地を這うような重低音に江戸風の口跡の良さ。

不機嫌さをあからさまに滲ませてはいるが、誰が発した声なのか見当がつかないわけがなかった。直後、山岡の肩越しに見えたのは、ポケットに手を軽く突っ込んだ格好でゆったりと歩いてくる男の姿。

それだけで、ずしんと重い存在感がある。

「そいつが誰の女だか、知らずに攫ったとは言わねえよなあ？」

眼光鋭く睨まれて、山岡は振り返りざまに咲子の首から手を退ける。いきなり呼吸が楽になり、咳き込みながらも咲子は近づいてくる人を見つめる。

黒い三つ揃いの背広越しにもわかる、胸板の厚さ。無駄のないシルエットに漂うのは、いつもの気怠さだ。粗く撫で付けた長めの黒髪はやはり狼のよう。

忍介さま。

呼んだつもりだったが、唇が動いただけで声にはならなかった。

「志方……忍介」

惚けたように呟いた山岡の首根っこを、彼は近づくなり右手で鷲掴みにする。それから、人形でもそうするように軽々と水路の上にぶら下げた。宙ぶらりんになった青年に顔をじっとりと近づけ、低く言い放つ。

「この能無しが。十九やそこらの小僧がモノにできるほど、咲子が安い女だと思ったか」

「や……やめろ、僕に乱暴すれば街で言いふらすぞ！」

「へえ。言いふらす口が残るとでも？　ずいぶんと甘い考えで生きてるんだな、坊主」

悔し紛れに情けなく騒ぐ山岡に、忍介が返す言葉は苦笑交じりだ。それでも、常軌を逸したときの山岡の言葉より何倍も鋭く危険そうなのだが。

「おい、は、放せ！」

「放していいなら放すが」

止める暇もなかった。忍介の右手は当然のように摑んでいるものを解放する。咲子の目の前で山岡は水しぶきを上げて水路に落ち、直後、もがきながら水面に顔を出した。

岸壁に立ってそれを見下ろし、くくくと喉の奥で笑う忍介は愉快そうだ。

「俺はな、どんな財でも大概が自分のものだとは思っちゃいねえよ。自宅も土地も金も父のものだ。銀行の資産は――開かれた国を作るためにある」

目の前で起きている出来事が信じられず、咲子はただ立ち尽くしていた。冷酷な夫の姿が、というより彼がここにいることがまだ信じられなかった。

「だが、咲子だけは確実に俺のものなんだよ」

「……ックソ、志方……っ」

「未来永劫、他の誰のものにもならねェよ。そのくらいわかれよ。なあ？」

これまで見たこともない、嗜虐《しぎゃく》性を感じさせるような笑顔。だが彼は確かに忍介だ。

「旦那様！」

そこへ遅れて現れたのは車夫の一郎だった。口の左端と右の拳を赤く腫《は》れ上がらせているのは、一戦交えたあとだからに違いない。

「山岡を手引きした連中を捕らえました。旦那様、奥様、大事はございませんか」

「ああ一郎、ご苦労だった。ついでに、そこの魚に網でもかけて引き揚《あ》げてくれるか」

魚と言いながら、忍介の顎は山岡を示している。命だけは助けてやろうというのだろう。しかしどうにか水面に顔を出し、海へと流れてゆく青年の姿は哀れとしか言いようがない。

「承知しました。その後の処分はいかにいたしますか」

「生きのいいうちに良太郎にくれてやれ。新しい商売道具だ、ってな」

どういう意味だろう。良太郎が塾以外に商売を？　疑問に思う咲子を、忍介は上着を脱ぎながら振り返る。直前までの凶行を思えば、瞬間的に身構えずにはいられなかった。

だが、こちらへ向けられた心配そうな視線は穏やかで、山岡を圧していた鋭い眼光はもはやそこにはない。

「咲子、もう大丈夫だ。安心していい」

そっと肩に上着をかけて包まれ、咲子の両目には自然と涙が浮かんでくる。

「……も……申し訳ございません。わたしの注意が、足りないばかりに」

旦那様の手を煩わせてしまった。妻としてあるまじきことだ。

「詫びるのは俺の方だ。すまなかった、咲子。怖い思いをさせた」

「いいえ、わたしは少しも怖くなど」

強がりに決まっていた。気が張っていたから頭ばかりが優先して動いていたけれど、恐怖を感じていないわけがなかった。いかに気丈な咲子といえど、内心、声を上げて泣いてしまいたいほど怖かったのだ。

「旦那さまこそ、お加減は……大事になさらねばならぬときに、わたし」

「俺は心配ない。頼むから気に病むな。悪いのは山岡であって、おまえじゃない」

しっかりと抱いてくれる力強い腕に、今更ながら震えが込み上げてくる。二十歳の誕生日といい、明治座で居眠りをしたときといい、どうしてこの方はいつもここぞという場面で目の前に現れるのだろう。

当然のように、その手を差し伸べてくださるのだろう。

「すまない。もう二度とおまえを他の男に触れさせはしない」

「お……忍介さま……っ」

感覚のない手で彼の背に弱々しく摑まると、咲子はぼろぼろと涙を零して嗚咽《おえつ》した。

やっと逢えたと思った。倉庫に閉じ込められてからの数時間も決して短くはなかったが、離れて暮らした一週間はもっと、気が遠くなるほど長かった。

ずっとずっと、お逢いしたかった。

「……よく頑張ったな、咲子」

泣きじゃくる咲子を抱き締め、忍介は人目もはばからずつむじに口づけをくれる。一度だけでなく、二度も三度も繰り返し。そうして咲子が落ち着くまで、何も言わずに髪を撫で続けてくれていた。

夫の腕の中で聴く潮騒は、子守唄のように優しかった。

＊

歩き出そうとすると咲子の足が震えていたので、忍介は彼女を横抱きにして車まで戻った。迎えたのは、密偵として送り込んだ男とハンチング帽を被った男の二人だ。

「あなた、先ほどの……！」

赤い目を丸くした咲子は、どうやらハンチング帽の男に見覚えがあるらしい。山岡に攫われたときに追いかけて来た人だと、焦った様子で耳打ちしてくる。

忍介は彼女を車の座席に大切に座らせ、言い聞かせるように優しく語った。

「彼はおまえの護衛だ。米国へ行く前に、俺が置いて行ったんだ。おまえを誰にも攫わせないために」

「誰にも……ですか？」

不思議そうにこちらをじっと見つめ返す、子犬のような瞳が可愛い。どれだけ大事に思っているか伝わっていないのだろうかと、忍介は密かに嘆息した。

四年間の囲い込みについては良太郎の口からも暴露されているのに。米国にいながらにして咲子の縁談を阻止していたことを――意味を理解していないのか？

「……簡単に言えば、おまえは狙われる可能性があったんだよ」

忍介は令嬢誘拐事件の裏側について、かいつまんで咲子に説明した。

被害者は皆、忍介の見合い相手だったこと。身代金は必ず志方家に要求されていたこと。

そして今回、山岡を後押ししたのがその犯人団であったこと。

さらに、彼らを欺くために自ら結婚の真相をねじ曲げる噂を流していたこと。結婚のお披露目を先延ばしにしていたのは誘拐防止のためで、咲子の容姿を広く世間に知らしめないようにしていたのだということも。

「今回の事件も別の噂を流して掻き消すつもりだが……そううまくいくかどうかはわからない。覚悟だけはしておいてくれ」

咲子は驚いた様子だったが、わずかな沈黙のあと、納得したように頷いた。わだかまりのとけた顔だった。

「承知いたしました。忍介さまのお側にいられるのでしたら、わたしはどんな境遇になってもかまいませんわ」

覚悟がこもった声で彼女が言うと、そこに一郎が駆けてくる。すぐ後ろへやってきて一礼ののち、忍介に耳打ちをした。

「誘拐犯一味、全員を捕らえて港内にある志方家所有の洋館に監禁してあります。いかがなさいましょうか」

「しばらく入れておけ。魂胆を吐く気になった頃、顔を見に行ってやるさ」

咲子に聞こえぬよう返答して、忍介はふうと息を吐く。連中のことは、咲子に危害を加えないうちに、雁首《がんくび》そろえて警察に突き出してやろうと思っていた。昨日までは。

こうなったからにはきっちり落とし前をつけさせてもらうが。

すると張っていた気が緩んだせいか、体の奥から熱と倦怠感《けんたいかん》が込み上げてきた。

（もう若くはないな……）

二十代の頃は風邪などひいたこともなかったのに。これが寄る年波というものか。

咲子の右隣の座席に腰を下ろし、怠《だる》さに耐えようとする。きっと気に病むであろう咲子には気取られたくなかったのだが、すぐに細い右手が伸びてきた。

「大丈夫ですか？」

充《あ》てがわれた冷たい指に、ゾクリとさせられる。一週間ぶりに鼻をくすぐる甘い香り……。唇を重ねたいのはやまやまだが、自重するよりほかない。

埃にまみれた長襦袢を、忍介の上着で必死に隠している仕草が痛々しい。寸前で間に合ったようだが、恐ろしい思いはしたはずだ。恐怖を思い出させるような行為はしばらく慎んだほうがいい。

「ひどい熱……早く家へ帰りましょう。看病はわたしにさせてくださいませね」

「おまえは休め。他人を気遣っている場合ではないだろう」

酷い目に遭ったばかりではないか。まずは自分を大切にしなさい。そう言おうとした唇は、彼女の右の指先にちょんと塞がれる。

「他人ではありませんわ」

「咲……」

「忍介さまが、わたしを妻にしてくださいました」

こちらを斜めに見上げる咲子は、若干したたかな微笑みを浮かべている。目が合った途端、返り討ちにあった気分になった。まったくどうしてこんなに可愛いのか。今すぐに押し倒してめちゃくちゃに抱いてしまいたい。

(いや、色惚《いろぼ》けしている場合ではないが)

やり場のない衝動を持て余し、忍介は肩で大きく息を吐く。

恐らく、銀行にとっての正念場はこれからだ。咲子の誘拐は白昼堂々、目撃者が多数いる中で強行された。話は、もはや止めようもなく世間に広まるだろう。早急に対策を練《ね》らねばならない。

気を引き締めようとするのに、吹き過ぎる潮風は生暖かく、火照った体をいたずらに煽る。それで忍介の体にはいつまでも、ぬるい熱が残されたのだった。

咲子の姉、峰子が無事に第一子となる男児を出産したという報《しら》せが届いたのは、この晩のことだった。

6、

二日後の晩になっても忍介が寝込んだままでいることは、咲子の予想どおりと言えた。食欲が戻らないのだから、突然回復するわけがない。側にいるにもかかわらず珍しくベッドに引きずり込まれないまま、迎えた三夜目――。

「たまご酒です、忍介さま。お飲みになれますか？」

台所で調理したばかりの粥《かゆ》とたまご酒を盆にのせて運んで行くと、大仰なため息をつかれてしまう。熱の所為で赤くなった顔で、呆れたと言わんばかりに。

「もう休めと言っただろうが……」

「昼に少し休ませていただきました。夜の間は忍介さまのお側におります」

いかに旦那様の命と言えど、今は譲れるときではなかった。昨夜は真夜中になって咳き込み、大変苦しそうだったのだ。付き添っていなければ心配で、おちおち眠ってもいられない。

ベッドの右傍にある小さな円卓に盆を起き、椅子を持ってきて腰を下ろす。看病も三日目を迎えれば、手慣れてくるものだ。

「寄るなと命じられても離れませんわ。さあ、お飲みください」

強情とも言える宣言に、忍介は観念したらしい。額の上の氷のうを退け、怠そうに上体を起こす。それから、しぶしぶといった感じでたまご酒の湯呑みを受け取った。

「そうだな、……おまえはそういう女だった」

「え?」

「いや、なんでもない」

もしかして強気すぎただろうか。

分別のある落ち着いた女が彼の好みなのに……幻滅された? ほんの少しひんやりした気持ちを覚える咲子に、忍介は湯呑みに口を半分突っ込んだ状態で言う。

「そういえば、夕方に良太郎から連絡があった。おまえを実家から移動させるとき、連絡が山岡に漏れた件をすまなかったと」

咲子は慌てて顔の前で右手を振る。

「いえ! 叔父さまの所為では。わたしがもっと注意深く確認すれば良かったのです」

「そうは言っても気にするだろうよ。なにしろ、あの良太郎だ」

忍介の言うとおりだ。

咲子を溺愛している叔父のこと、きっと無用な責任を感じているだろう。すぐに連絡が来なかったことからして、遠慮もしている様子だ。あとで手土産を持って伺って、元気な顔を見せてこなければ。

「その、お怒りにならないでくださいね、良太郎叔父さまのこと」

咲子は言って、粥を炊いた土鍋に匙《さじ》の先を入れる。梅干しを崩して、軽く馴染ませて。

「忍介さまが寝込んでいると報せてくださったことも、どうかお咎めにならないでくださいませ。わたしにとっては……ありがたいばかりでしたから」

「……わかっている」

そう短く応えた忍介は、ぼんやりした様子でゆっくりとたまご酒の湯呑みを傾けた。

屋敷内はしんと静まり返って、小さな物音がやけに大きく聞こえる。夜半を過ぎ、咲子は使用人たちを先に休ませていた。連日の看病で疲労しているようだったし、雇い主として彼らにまで病気を蔓延《まんえん》させるわけにはいかない。

ふと視線を上げると、忍介の喉仏が嚥下《えんか》に従って小さく上下しているのが目に入る。発熱で動作が緩慢になっているせいもあるだろう。そこには大人の男らしい色気が、たっぷりと漂って感じられる。

つい見惚れそうになって、咲子は慌てて目を逸らした。もう三日もこうしているのに、どうして両目は忍介の色気に慣れてくれないのか。

（側にいればいるほど目が離せなくなるわ）

するとと忍介は空になった湯呑みを差し出しながら、ポツリと言う。

「良太郎はいい姪を持ったな」

突然何を言い出すのか、訳がわからず咲子は目をしばたたいた。まんまと攫われて心配を掛けてしまった自分がいい姪？

「まさか。今回も肝を冷やさせてしまいましたし」

「いや、昔よく良太郎の塾でおまえを見かけたことを思い出してな。生徒がなかなか集まらずに苦戦していたとき、自分が生徒になると言って通ってやっていただろう」

「ああ！　そんなこともありましたわね」

あれは十歳の頃だったか。

良太郎が始めた塾の門は、わずか数人の若者が叩いたばかり。智慧はあれども実績のない師のもとへ、わざわざ集う者など数えるほどしかいなかった。それでも続けたほうがいい、良太郎の智慧は眠らせておくべきではないと言って引き留めたのは咲子の父だ。

思いは、咲子だって同じだった。

「叔父さまは……学芸に秀でた方です。だからか純粋で、お優しいのに人付き合いがてんで苦手で、不器用なところがあって、放っておけなくて」

それで、生徒がいないなら自分がなろうと思った。良太郎には教師が天職だ。きっといつか、周囲にこの道で認められる日が来ると信じていた。

校舎が学生で溢れている現在のように。

すると忍介の左手が何故だか伸びてきて、咲子の頭を優しく撫でる。

「良太郎がおまえを可愛がる理由がよくわかる。俺は……毎回のように、おまえの呑み込みの早さに度肝を抜かれていたんだがな」

「何かいたしましたかしら、わたし」

「良太郎が教えた漢詩をものの数分で暗記したときは、女にしておくのが惜しいと本気で思った。男なら、将来有望でビジネスパートナーに欲しいと」

「まあ！」

妻に対し、女にしておくのが惜しいというのはいかなる了見《りょうけん》だろう。

女でなければ嫁には来られなかったのに。しかし忍介に冗談を言っている様子はなく、むしろ真面目そのものだったので、褒め言葉として受け取っておこう、と咲子は微笑んで粥を椀に移した。

「懐かしいですね。良太郎叔父さまの塾が閑散《かんさん》としていた頃。忍介さまを含めた三人で過ごすのも、とっても楽しゅうございましたわ」

「ああ。咲子は……良太郎に可愛がられて育ったおかげで、俺のような年上の男といることに抵抗がないのかもしれないな」

「え？　ええ、それも原因のひとつかもしれませんけど」

突然なにを言い出すのだろう。咲子は別に良太郎に憧れていたわけでも、年上なら誰でも良かったわけでもない。恋をしたのは相手が忍介だったからだ。この気持ちを彼はまだ理解していないのだろうか。

「どうぞ、お口を開けてくださいな」

冷ました粥を匙にすくって差し出すと、そこまで年寄りじゃない、と椀ごと取り上げられてしまう。

「なあ、咲子」

「はい」

「おまえは……俺に今ほどの財力や余裕がなかったとしても……俺に興味を持ったか？」

問うた彼は疑わしげな目をしていた。思わず、え、と声を漏らして動作を止める。それは彼が裕福でなくても好きになったか、という話だろうか。

「それは」

当然、忍介が忍介であれば恋に落ちない道はない。贅沢な生活がしたかったから彼を選んだわけではないし、単純に年上の余裕に惹かれたわけでもない。そう答えようと口を開いたのだが、すぐさま遮られた。

「……ああ、別に答えなくていい。今のはなしだ。忘れてくれ」

「忍介さま？」

「阿呆《あほう》か。何を口走ってるんだ、俺は……」

弱り顔を掌で拭う様は、厄介そうにもばつが悪いふうにも見える。

もしや照れている……？　そう考えて、すぐに掻き消した。彼に限って自分の前で照れるなどありえないだろう。そのような姿はこれまで一度も目にしたことがない。

やはり熱で混乱しているのだ。一晩、しっかり看病して差し上げなければ。咲子はあえて質問の意図を気にせず、忍介の肩に半纏《はんてん》を羽織らせた。

「お寒くはありませんか？」

返答はなかった。忍介はただ夢中になって匙を口に運ぶ動作を繰り返している。

「まあっ、食欲が戻ったようでなによりです。たくさん召し上がってくださいね」

「もういい。食事は充分だ」

やっと安心したと思ったのに、直後に空になった椀を返されてまた心配になる。せめてあと一杯だけでも食べてもらえたらもっと安心できるのだが。

仕方なく椀を両手で受け取ると、前置きもなく右の手首を摑まれる。熱っぽさのある、大きな掌だった。

「おまえがいい」

どきっとして動きを止めると、その手を引っ張られて囁かれる。

「抱き締めさせてくれないか。素肌のおまえを」

もしやまだ熱があるというのにしようというのだろうか。十日ほど前まで毎夜繰り返してきた、あの情熱的な行為を。

「ですが、お体が」

「男に触れられるのがまだ怖いなら、添い寝だけでもかまわない。もう限界なんだ。おまえを目の前にして、触れずにいるのは」

冗談……ではないようだ。先ほどと同様に、忍介は真顔でこちらを見つめている。

迷う咲子の手から椀を取り上げ、ベッドの横の卓に避ける仕草はすでに焦れている。身を引こうにもさせてもらえず、両腕で抱えられ、布団の中に引っ張り込まれるまで十秒とかからなかった。

左を下にして横になったところで、後ろから彼にぎゅっと抱かれてどぎまぎしてしまう。

「嫌か？　こうしているのは」

「べ、ベッドはおひとりで使われたほうが休まるのではと」

「そんなことは訊ねていない。俺が知りたいのは、おまえが嫌がるかどうかだ」

何を今更聞くのだろう。

「……忍介さまを嫌がるなんてありえませんわ……」

人生の半分以上を彼に恋して過ごして来たのだ。余程のことでない限り、嫌がるなどありえない。返答に困りつつも首を左右に振ると、そうか、と安心したように微笑まれる。

「怖くもないな?」

念を押すように訊ねられて、ようやく思い至る。忍介がここ三日、自分に触れなかった理由。それは体調不良のためだけでなく、山岡のしでかしたことを気にしたからなのでは――と。

やはり忍介は自分よりずっと大人で、思慮深い。咲子が素直に「はい」と答えたら、様子を見るように一枚ずつ、着物と長襦袢が剝ぎ取られていった。

「む、無茶はなさらないでくださいね?」

「ああ。おまえが怖がるようならいつでもやめてやる」

そういう意味ではない。自分は彼の看病をするためにここにいるのだ。無茶をさせるわけにはいかない。だが、今の忍介にはその忠告を聞く耳はないようだ。

左向きに横になったまま後ろから抱き締められると、むき出しになった背中に彼の肌がひたりと当たった。浴衣からはみ出した、汗でほんのり冷えた喉元。情事にふけるたびに感じていたのと同じ感覚に、体が自然と震える。

「昨夜も、その前も、本当はずっと触れたかった」

こちらこそ、毎晩触れられたいと思っていた。本当は、山岡の凶行を強引にでも忘れさせてほしいと願っていた。

するると、忍介は左手で咲子の胸を包み込み、右手を脚の付け根にあてがってくる。それをそっと、赤子の頭を撫でるようにされるとくすぐったくて苦しかった。

もっと欲しいと思ってしまうから、苦しい。

「触れるだけ、ですよ……？」

「嫌ではないのだろう？」

「はい、でもまだ忍介さまには熱がおありですから」

「少しの間だけでいい。勝手を許せ。でなければ、俺は……」

首すじに唇が這う。肩から喉、そして耳朶までを撫で上げるように。

そして彼は咲子の耳元に、はあっと切なげな息を落として呟いた。

「狂いそうだ。おまえが欲しくて、欲しくて」

いけない。わかっている。だが、ねっとりと絡みつく情熱に逆らう術を、このような行為にまだ不慣れな咲子が持ち合わせているはずはなかった。

逃げなければ。嘘でも嫌ですと言ってしまえばいい。しかし力強い腕といつもより高い体温に、徐々に正しい判断能力を奪われてゆく。

（駄目、なのに……）

浴衣を脱いで素肌で抱き寄せられたら、あっけなく体の力が抜けていった。

久々に感じる、大きなものに護られているような安心感。実家では睡眠時間も存分に取れていたのに、ようやく休まる場所に辿り着いたみたいだ。

忍介の肌から香る優しい匂いを吸い込みながら、咲子は理性と恋しさの間で震えた。

しんとした洋館内は、どことなくマッチ箱のようだと咲子は思う。

洋室には、不思議と畳の縁《へり》のような軽い歪みがほとんどない。あってもそれは花瓶だとか本の背表紙とかで、建物というよりあとから持ち込まれた物がほとんどだ。

だから洋室内にいるとき、あのストンとした形の四角い箱が思い浮かぶ。硬質なまでに真っ直ぐな辺で形作られた空間。それで、忍介の体や体温や吐息が、余計に柔らかく丸いもののように感じられるのかもしれないとも思う。

「奥まで触れても嫌ではないか、咲子」

「あ……あ、そんな聞き方、狡《ずる》いです……っ」

嫌がるなんてありえないと答えさせたばかりで、嫌ではないかと問うなんて。

左向きに横たわり、背中から彼に抱き締められたまま、咲子は耐えきれず身をよじった。

彼の右手は薬指と中指を揃え、濡れた花弁の奥へゆっくりと進んでは引き返している。

腿《もも》を閉じることが許されないのは、右脚と左脚の間に彼の右脚を割り込まされているからだ。

「いつの間に女の体になっていたんだか」

「……ぁあ……」

「俺を惑わせるこの柔らかさを、どうやって着物の内に隠しておいた？」

右耳に吹きかかる、重低音と熱い息がこそばゆい。

「なあ咲子、これでどうやって俺に耐えろと言うんだ」

肩を跳ねさせると、湿った音を立てて脚の間の割れ目を開かれる。そこにある立ち上がった芯を、太い親指でこりこりと押し付けるように弄られて息を呑む。

「んう……っ、く」

「こんなにとろけて、俺を誘って……」

繰り返し割れ目の間を苛められたら、頭の芯までじんわりと痺れてきた。

最初は、内側までは触れさせないつもりだった。こうなったらもう取り留めもなくなってしまうとわかっていたから。それなのに忍介の囁きは毒のようで、いいか、と訊ねられたら首を横には振れなかった。

「これもだ。あまり尖らせて見せつけてくれるな」

左手で触れられたのは胸の先だ。親指と中指で同時にふたつの頂を捕らえ、桃色の部分まで一緒に膨らみへ押し込まれると、くすぐったいような快感がそこにまとわりつく。

「舌を絡めたくなるだろう。右にも、左にも」

　胸の先を押し込んだ状態で、膨らみを揺らすように動く手が間近に見える。それだけで、内側がきゅうっと締まってしまう。

「ふ……っ、ん、あ」

「へえ。上手に締めるじゃないか」

　蜜源で彼の右手の指を締め付けてしまっただけでなく、それを悟られていることが何より恥ずかしかった。いけないのにこんなに感じてしまって、もう消えてしまいたい。火照った頬をシーツに押し付けて誤魔化そうとすると、花弁の間を親指で撫でながら催促される。

「もう一度締めてみなさい」

「え……っ」

「いつもここで俺を絞ってねだるだろう。同じように指を締め付けるんだ。できるな？」

　そんなことを言われても、意識してできるようなものではない。しかし、下腹部をわずかに力《りき》ませたところで、そうだ、と優しく頬に口づけが落とされた。

「上手だ。もう一度、今度はゆっくり締めてごらん」

　褒められたことで、咲子の中の羞恥心はわずかに軽くなった。また、応えれば口づけが貰えると思うと応えたい気持ちが頭をもたげる。

「んん、……ん」

下腹に力を少しずつ込める。気の所為か、彼の指の大きさをしっかりと感じて、体の芯が淡くゆるんだ。

「ああ、とてもいい。今度は俺が触れている場所だけを意識して締めてみなさい」

頬に口づけられながら触れられたのは、蜜源の入り口のごく浅い部分だ。つまり彼は、蜜が溢れるその口を締めろと催促しているのだ。

「あ、あ……難し……」

「焦らなくていい。そうだな、弾ける瞬間を思い出すといい。俺のものにここをかき混ぜられて、締めずにいられないほど……乱れるときのことを」

想像させないでほしかった。奥まで屹立に支配されていると考えただけで、足の先まで熱っぽくなってゆく。

すると胸の先を解放され、今度は左手の甲で軽くそれを撫でられる。円を描くように、そっと。くすぐったいのに心地良くて、腰が揺れてしまう。

恥ずかしさと快感で混乱しながらも、咲子は必死で入り口を意識して力を込めた。どうしてこんなにもご褒美の口づけが欲しいのか、自分でも不思議に思う。けれど欲しい。

「ん、んく……っ」

と、ふいに蜜口が締まり、下腹部で力むよりもっときつく彼の指を捕まえた。

「やはり呑み込みが早いな、咲子は」

頬への口づけのご褒美をふたたび与えられて、嬉しさが胸にじわりと広がる。

ああ、もしかしたら、と咲子は微笑む忍介を間近で見上げて思い至る。

口づけだけではなく、認めてもらえるのが嬉しいのかもしれない。妻として、彼にふさわしい人間になってゆけるような気がするから。

「そのまま、存分に感じている顔を見せろ」

蜜でとろけた内側を、忍介の右手の中指と薬指が出入りする。思い通りに反応する体を、隅々まで楽しむように。

「ん、ぁ、あ……っそんな、速く動かされ、たら……追いつけませ……」

「いいんだ。めちゃくちゃな締め方もまたいい。もっとねだってみなさい。もっとだ」

くちゅくちゅと音を立てて、かき混ぜられる蜜源が熱い。火のついた蝋燭のようだ。左の太ももに蜜が溢れ、お尻のほうへ伝ってゆく感覚に背筋が粟立《あわだ》つ。

「どうした、咲子。緩む暇もないようになってきたが」

「ヤぁ……あ、もう、わからな……勝手に締まって……止まらな……っあ、あぅ」

感じすぎて、彼の指が入ってくるのか出てゆくのか区別もつかない。ただ内壁を擦りあげられていることと、そのうちの一点がひどく敏感になって歓迎してしまっていることだけがはっきりとわかった。

「は、ぁ……はあっ、は……指、が」

「曲げて動かされるのは嫌いか」

「……っ違……い、いいところに、当たっ、て」

今にも弾けそうに良くて困惑してしまう。だが、きっと弾けたらさらに理性が麻痺して、なすがままにされるだろう。

彼には安静にしてほしい。だからいい加減に逃げねばならないのに、感じる部分ばかり重点的に苛められては動けない。

「駄目、そこ……弄らないで、擦ら、ないで……駄目です」

身をよじるたびに震える胸は、彼の左手に交互に摑まれている。与えられているのは、心臓まで痺れるような快感だ。

「怖いわけではないのなら、好きにさせてくれ。弾けてみせてくれ」

「あ、あ、もっと締まって、しまいます……っ」

内壁が自ら彼の指に擦られたがっているみたいだ。二本の指に絡みついてひくつくのをやめられない。そうして素直に欲しがるものは、彼から吐き出される熱以外にない。

結婚当初は毎晩のように溢れるほど与えられていた、情熱の証。あの心まで浸水するような感覚が恋しくてたまらない。

満たされたい。奥の奥までひたすように注がれたい。こんな欲求が自分の中に眠ってい

たなんて、結婚するまで知らなかった。

「何故おまえはこれほど俺の余裕を奪うんだ、咲子。四年前、欲しいと感じたのは……体ではなかったはずなのに」

四年前。それはどういう。発言の真意を汲み取ろうとする意識は、突如、体の芯から指を抜かれたことで拡散してしまう。

「や、いや……っ！」

下腹部を襲う、圧倒的な切なさ。彼の指を捕まえて、元の場所へ収めたくなる。空虚にひくつく内側はとにかく焦れったくて、泣き出してしまいたいほどだった。

――戻して……かき混ぜて……っ。

懇願しそうになって、咲子はふるりとかぶりを振った。

いいえ、いけない。今やめなければ、快感が駆け上って止まらなくなる。きっと指では物足りなくなる。引き返すのは、これが最後の機会だ。

だが、抜いた指を右の耳元で味わうように舐められたら、通常の思考が保てる道理はなかった。

「やぁ……あ」

ぴちゃりと蜜を舐め集める音に、息が止まりそうになる。

「やめっ……やめて、ください……お願い」

「間接的に味をみるくらいいいだろう。もっとも、ここまでしたら体を起こしてとろけた場所を直接啜るのと、大した差はないだろうがな」

「ゆ、許してくださ……もう、もう、これ以上は、わたし」

あなたに無理を言ってしまいます。繋げてもらいたくて駄々を捏ねてしまいます。そう訴えてベッドを出ようとすると、仰向けに組み伏せられ、太ももを開いて覗き込まれる。

「そういう話なら聞けない。おまえが欲しがってくれるなら、もう遠慮はしない」

「お、忍介さま」

「許せ。俺には、高熱に耐えるより咲子を抱けないほうがよほどの苦痛だ」

言うなり秘所に顔を埋められ、膨れきった花弁の間の粒を口に含まれて、咲子はびくりと背中を反らせた。

「やあっ……」

ひと舐めされただけだ。けれど久々に与えられる舌での刺激と、卑猥な体勢に屈せずにはいられなかった。目の前が真っ白になって、快感の堰《せき》がふっと切れる。

びくびくと体を震わせて感じるままになっていると、脚の間にいる彼が、かすかに笑った気がした。

眠っていたのか気絶していたのかはわからない。咲子の意識を引き戻したのは、ベッドの揺れとスプリングの軋む音だった。

「……ん……」

下腹部に感じる、大きな質量の塊。それが前後して体の中と外を行き来していることに気付いて、ぎくりとしないはずがない。

反射的に瞼を開けると、予想したとおり仰向けの視界には忍介が映った。ベッドサイドのランプに照らされ、黒髪に交じった白いものが霜のようにきらきらと光っている。

「起きたか、咲子」

「こ、こんな……っあ、い、いつの間に……駄目です」

体内に感じるのは、彼の二本の指よりずしりと重く張り詰めたもの。つまり体はとても深い部分まで、彼自身の進入を許してしまっていたのだ。

たくましい肩を両手で押し返そうとしたが、びくともしない。意識が戻ったばかりで咲子の手に力が入らない所為だけではない。忍介は山岡をいとも容易く片手にぶら下げられる腕力の持ち主だ。女の細腕で太刀打ちできる相手ではなかった。

「おやめになってくださいませ……っ」

「繋げてほしかったくせに、今更強がらなくてもいい」

咲子の抵抗をものともせず、忍介は口角を上げて目の前のふたつの膨らみを両手で寄せるように摑む。その谷に軽く顔を埋めたあと、硬く尖った左の先端を口に含んだ。

「んぁ、っ」

知らない間にどれだけ感じさせられていたのだろう。胸の先に走ったのは、弾けた直後と同様の鮮やかな痺れだ。

「いいんだろ。ならばもう逆らうなよ」

「あ……で、も」

首を左右に振ろうとすると、頬を左右からふんわりと包まれて阻止される。

「看病が妻の務めと考えるなら、俺に抱かれるのはそれよりずっと重要な務めと思え」

これ以上の説得の言葉があるだろうか。妻の務めを盾にされれば、どんな反論だって封じられたも同然だ。

正直な気持ちを言えば妻である前にひとりの人間として、彼にはきちんと休息を取ってほしかったのだが。熱が下がりきったわけでなし、体力が戻るまで無茶な行為は避けるべきだ。

けれど反論しようとした唇は強引に塞がれる。つべこべ言わずに抱かせろとでも言わんばかりの猛攻に、こうなったらもはや従うしかない。

「い……一度だけですよ。それ以上は、熱が下がってからですよ？」

恐る恐る警戒を解き、頬を包む大きな手に自分の手を重ねる。これが最大の譲歩だ。が、返されたのは企みを含んだ笑みと「鋭意《えいい》努力しよう」という逃げ道のある答えだった。

「おまえは利口でも、素直で助かる」

「お、忍介さま……？」

もしかしてうまく丸め込まれてしまったのでは。そうと気付いてももう遅い。

「一度だけというならその一度、余すところなく堪能させてもらおう」

言うなり上半身を持ち上げた忍介は、屹立を浅い位置まで引き抜いて止める。奥まで入り込んでいたものを一気に動かされて、咲子の唇からは声にならない声が漏れた。

「俺の指を締め付けたように……締められるな？」

今、蜜口に差し込まれているのは丸みのある先端だけだ。奥は切なくも空虚にひくついている。つまり入り口を締めろと言われているのだと、理解するのに時間はいらなかった。

「そ、そんなこと」

もっと夢中になってから求められるならいい。恥ずかしさも薄れているだろうし、どさくさに紛れて応えてしまえると思う。だが頭の中がまだ冷静な状態でやれと言われても、すぐさま実行できる行為ではない。

狼狽える咲子の肩を両手で誘うように撫でながら忍介は言う。

「なあ咲子、年上の男に嫁ぐというのはこういうことだ。まっさらな体をじわじわと自分好みの色に染める……こんな愉しみは若い頃にはできなかった」

左右の二の腕へと肌を撫で下ろしてゆく掌は骨太で力強い。手首までゆったりとくすぐるようにされ、咲子ははあっと熱を孕んだ息を吐く。

「俺はおまえだから染めたいんだよ」

「わ、わたし……だから？」

「ああ。他の女ならわざわざ手間をかけて変えようなどと面倒なことは思わない。咲子だからだ。俺の手で、徐々に開かれてゆくおまえを見たい」

見せてくれるな、と誘う言葉は低く、胸の底に落とし込まれるように響いた。徐々に開かれてゆく——それは彼が夢見ているこの国の未来のように？

「咲子？」

熱のこもった懇願に、咲子はこくりと息を呑む。彼が見たいと望んでいるのは他ならぬ自分だ。忍介が自分の変化を望んでいる。自分だけを欲してくれている。

その特別感を嬉しいと思わずにいられるわけがなかった。

「は、はい……わかり、ました」

まだ、体にうまく力が入らない。それでも夫の要求に応えようと思う気持ちの根本には、妻として認めてもらいたいという欲求があった。

「ふ……っく、ぅ」

身をくねらせて模索していると、突然胸の先を両方とも摘まれて腰が浮いた。弾みで彼のものに内壁が絡みついて、とろりと熱い蜜を生む。

「ああ、そうだ。もっと強く、何度も締めてみなさい」

「あ、あ……」

引き締めたところに、ぐっと中程まで押し込まれる屹立。ご褒美さながらの刺激に、内壁は意図せず痙攣した。

「もっといけないことまで覚えさせてやりたくなるな」

呟いた唇に右胸の膨らみの上部を強く吸われて、吐息が漏れてしまう。

「あ……っ」

ちりりとした痛みが一瞬だけ走ると、そこには赤い鬱血《うっけつ》のあとが残されていた。朱肉よりも濃く、さながら契った証だ。

頬に貰った口づけより、さらに嬉しい口づけだった。

「忍……介さま……わ、たし」

か細い声を絞り出して咲子は言う。

「わたし……忍介さまのためでしたら、きっと、なんだってできます……」

もっと恥ずかしいことでもできてしまうと思う。迷いはするけれど、彼が喜んでくれるのなら。少しでも想い返してもらうきっかけを摑めるのなら、逃したくない。

懸命に蜜口を締めたら、両手首をまとめて摑まれて頭の上で押さえつけられた。

「え、あ」

突然のことで一瞬、何が起きたのかわからなかった。目をしばたたく咲子を見下ろして、彼はくくっ、と余裕たっぷりに喉元だけで笑う。

「無闇に年上の男を煽ってくれるなよ。わざとやっているなら上出来だが」

鼻の先に優しい口づけが降ってきたと思ったら、突如がつがつと激しく蜜源の奥を突かれて慌ててしまう。熱がある状態で試みていい動きではない。

「あ、駄目、っ忍介さ……ま、激しく動くのは……っあ」

「じっとしているほうが辛いんだよ……っ。おまえの中にいて、この柔らかさを、存分に味わえないほうが、ずっと」

「んぁ、あ、いけませ、っ……ぁ、あ」

下腹部を満たす、鋭い快感の渦。

無理をしないでと訴えても、彼が聞く耳を持たないことはもうわかっていた。一度発散すれば気が済むというのなら、もう好きなようにしてもらったほうがいいのかもしれない。

「咲子……欲しいか？」

拒否しないとわかったからか、両手を捕まえていた手が離れ、両胸を掴む。

つんと尖った先端を人差し指で刺激しながら催促するように見下ろすのは、内側で応えろという意味だろう。膨らみをばらばらに揉みながら先端をくりくりと弄られ、奥をしつこく突かれて、咲子はびくびくと体を震わせるしかできなくなる。

「欲しくないのか？　いらないのなら抜いてしまうが」

「っいや、……っそれだけは……ん、んぅ」

鮮やかな刺激がもっと欲しくて、彼にもきちんと感じてほしくて、咲子は内側を繰り返し強く締めて応える。そのたびに奥に、じんとした熱が溜まってゆく。

「もっと思いきり、だ。やってみなさい」

「あ……ぁ」

「できるよな、咲子」

どうしてそんなに愉快そうに微笑むのだろう。無骨そうな掌で、繊細に、大切そうに全身に触れるのだろう。繋がりながら見せるもどかしそうな目は、咲子の心をいつも必ず、きゅうっと切なくする。

「ん、うぅ、く……」

「ああ、それとも大好きなここを突いてほしいか」

言うなり行き止まりを突き上げられたら、指先まで痺れて喘ぐ声も発せられなかった。

(弾けて……しまう……！)

襞がきゅうっと張り詰めたものを絞る。これまでで、もっとも強く。といっても、自分の中がどうなっているかなどもはや咲子にはわからないのだが。

「そうだ……上手だ……咲子。もっとおまえを……独占したい」

「ヤ……あ……ッ」

ちかちかと視界に細かい光が散って、内側が融解するような感覚に息を呑む。そこで上出来だと認める言葉が口づけと一緒に額へ落ちてきて、心まで熱く満たした。

「安心しろ。今夜はこれきりに……してやる」

汗ばんだ顔も色っぽくて、目が離せない。

「……く……ッ」

欲を放たれる瞬間、たまらないと言いたげに歪められた眉間も愛おしかった。

頭をもたげ、咲子は夫の額に口づけを返す。髪も思いきり撫でたかったが、その体勢のまま弾けてしまって叶わなかった。

「あ……あ、あ」

悦楽に跳ね上がる腰。甘やかな悦に全身がひたされてゆく。胸の先端は弄り続けられていたせいで、腫れているかのように熱を帯びている。肌に絡むシーツの感触は泡のように柔らかく、優しく感じられた。

快感を存分に受け入れてから、彼と寄り添って羽布団をかぶった。ランプが消されると、途端に薄いカーテンの向こうから月光がふんわりと降り注ぐ。

くすんだ銀食器が反射する、星の光のように。

夢の中でも咲子は忍介の看病をし、誰より側にいられる幸せを嚙み締めていた。

周囲の心配を他所に、翌日、忍介はけろりと病床から快復した。汗をかいたのが良かったのか。あるいは、そろそろ快復する頃合いだったのか。

なんにせよ熱も下がり、食欲も戻って咲子は胸を撫で下ろした。

良かった。けれど誰がこのV字快復を予想できただろう。咲子でさえ、よもやあのような無茶をした翌朝に忍介が元気になるとは考えもしなかった。

当然だと言わんばかりの顔をしていたのは忍介本人だけだ。

朝から目玉焼きを三つ平らげる姿を前に、この人の体力は一体どうなっているのだろう……と咲子が首を傾げたことは言うまでもない。

*

その日、起き上がれるようになったばかりで外出は無謀だと咲子には止められたが、忍介はどうしても外せない用事があると言って昼前に家を出た。

行き先は横浜港だ。目的は、一週間前に監禁しておいた誘拐団の男たちから誘拐の目的を聞き出すこと——咲子にはあえて告げなかった。看病中に心配をかけ通しだった新妻に、これ以上不安そうな顔をさせたくなかったのだ。

志方貿易が所有している洋館は外国人居留地の跡地に隣接する日本人居住区にある。商人たちが住むその地区にある別宅を、志方家は現在使用していなかった。貿易業を営む父が入院しているためだ。人目を避けて洋館内へ入った忍介は、奥まった部屋の扉を開けるなり低く告げる。

「一週間ぶりだな。口を割る気になったか？」

荒縄で括られ、足元に転がされているのは五人の老年の男たちだ。山岡の凶行を後押しした者たち。かつて忍介の見合い相手を攫い、志方家に身代金を要求した犯人団でもある。

「成り上がりの華族野郎が……ッ!!」

真っ先にそう叫んだのは、一郎に猿ぐつわを外された白髪の男だった。二言目を発しようとした彼の腹には、一郎の右足がすかさず一撃を食らわせる。

「他の男どもにも喋らせますか。それとも黙らせておきますか」

「……少し吠えさせてやれ」

先だって彼らの中に潜入させていた密偵によれば、全員が全員、士族だという。

そういうことか、と忍介は猿ぐつわを次々に外されてゆく彼らを斜め下に眺めて悟る。

維新があって世が変わり、食い扶持《ぶち》を失った者たち……新しき世を歓迎しない者たちだ。

「自分たちが没落したのと同時期に、財を成した志方家が憎くなったか。明治になって早何十年も経つのに、今更逆恨みとはお粗末としか言いようがないな」

士族の商法とはよく言ったもので、武家社会の中心で生きてきた彼らには商才がなかった。時代に沿って職を得た武士は一握り。庭に畑でも持っているならまだいいが、気位だけが高いまま食うや食わずの元武士が帝都には溢れている。

「我々は庶民の恨みを晴らそうとしたまでだ！」

一週間、ろくろく食事も与えずに放置されていたのに、血気盛んに男どもは声を上げる。

「新しき世を作るなどと大風呂敷を広げやがって、革命家にでもなったつもりだろうが、誰もが新しい世を望んでいるわけではない！」

「おまえのしていることは過去への冒瀆《ぼうとく》だ！」

つまり彼らは志方家の財力のみならず、忍介の志こそを目の敵にしていたのだろう。

革新には保守との軋轢《あつれき》がつきものだ。正義は敵があってこそ正義となりうるのであって、大衆すべてが同じ考えであるならばそれは総意でしかない。重々承知している。

忍介の志だって、帝都の人間すべてに歓迎されているわけではない。半数の賛同を得られればいいほうだろう。かと言って簡単に引き下がれるほど薄っぺらな夢を見ているつもりはないし、彼らが咲子の身に危険を及ぼして良いという図式が成り立つ道理はない。

「それで、おまえたちは非力な女を攫って金を巻き上げる行為をよしとしたのか。庶民の味方が聞いて呆れるな。義賊気取りもいい加減にしろ」

木の椅子に浅く腰掛け、忍介は苦笑する。忍介だってもとは庶民の出だ。父が汗水垂《た》らして働いて、今の身分と富を手にした。

成功する機会は誰にでも平等に与えられていたし、今後もそうでなければならない。新しき世を、価値観を、構築していくのは政府ではなく人々だからだ。そのためにも、時代は逆行すべきではない。自分がさせない。

「そんなふうに浅い考えでいるから食い扶持を失うんだよ。馬鹿だな」

「志方、貴様……！」

「馬鹿に馬鹿と言って何が悪い。過去と今しか視野に入れないのは愚か者のすることだ。真の豊かさは、未来にこそあると何故思えない？」

床の上で抗う者たちを見下ろして、忍介は目を細める。冷たく、そして愉快そうに。

「いいことを教えてやるよ。俺と咲子の父親が癒着しているという話だがな、あれも相当に間抜けだ。俺が手を組んでいるのは政治家じゃない。政治家を育てる者だ」

未来を切り拓くというのはそういうことだろう。

男どもがどれだけ言葉の意味を理解したかどうかはわからない。だがそれでかまわなかった。今更なにを信じようが、彼らはもう忍介の手の内にあって、歯向かえる肉体を持っているうちは逃げられない。

「おい、一郎」

「はい」

「全員、もう少し衰弱させてから良太郎に渡せ。せいぜい他人様の役に立ってもらうさ」

良太郎は塾長だが、智慧者ゆえ他の学校や塾にも顔が利く。良太郎にはその人脈を利用した、咲子の知らぬ塾運営資金の調達経路があるのだ。堂々と表沙汰《おもてざた》にはできないものの、露見した際には筋の通った立派な言い分がとおる方法――。

縛られたまま引きずられてゆく男たちを見ながら、忍介はかすかに笑って肩を揺らした。

今月の良太郎はさぞや羽振りがいいに違いない。

*

翌日、忍介の約一週間ぶりの出社を歓迎するかのように空は晴れ渡っていた。玄関の壁には、扉の上のステンドグラスを通して色とりどりの光が落ちている。

「お気をつけて行っていらしてください。どうかご無理はなさらないでくださいませね」

「ああ」

「どうぞ、上着です。行内でも薄着はなさいませんように」

咲子は慣れた手つきで背広の上着を忍介に羽織らせる。念のため、昨夜のうちに手入れしておいたツイードの背広だ。続けて、使い込まれた革の鞄を手渡そうとすると、扉が突如として外に大きく開いて驚きのあまり背筋が伸びた。

「頭取!!」

玄関に飛び込んできたのは忍介の秘書だった。いつも几帳面すぎるほど撫で付けてある前髪が降りていて、やけに童顔に見える。普段は忍介と同世代のようだが、今は二十代と自称しても通用しそうだ。

「大変です、頭取……っ」

「それはおまえの姿を見れば一目瞭然《いちもくりょうぜん》だが」

「の、のんびりかまえていらっしゃる場合ですか！」

彼の狼狽ぶりは額の汗にも表れていた。それを手ぬぐいで丁寧に拭うさまは平常どおりの几帳面さと言ったところだが。

「なんだ、早く用件を言え」

秘書の横をすり抜けて玄関の外へ向かいながら忍介が言う。平和そうにしていられたのもここまでだ。

「当行に顧客の列ができています。解約者の列です。奥方様の誘拐事件の噂が一気に広まったようで、皆、預金を引き出そうと……！」

咲子は思わず右手の指先で口元を押さえる。解約者の列……救出の際、忍介は別の噂で対抗すると言っていたが、つまりうまくいかなかったのだろう。

顧客の心情は、頭取の妻が誘拐されるような不用心な銀行に資産など預けてはおれぬということ、要するにそういうことだ。

「いかがいたしますか。ひとまず窓口を閉鎖いたしましょうか」

「いや、足掻くな。こんなときこそ下手に小細工をしようものなら、信用は取り戻せないところまで失墜する」

「ですが、このままでは当行の資金が」

「すぐさま倒れるほど脆弱《ぜいじゃく》な経営基盤でやってきたわけじゃない。今は普段どおり丁寧に顧客に対応すること、それがベストだ。いいな」

慌てふためく秘書を前に、忍介は落ち着いた様子で短く息をつく。そうして咲子の手から鞄を受け取ると、始まったか、と特に意外でもない口調でひとりごちた。

7、

それから三日、忍介は自宅へ戻らなかった。

正確に言えば戻れなかったのだ。志方銀行にはひっきりなしに顧客の波が押し寄せ、幹部が外出しようものなら、事態を説明しろと迫る野次馬《やじうま》の人だかりができた。かろうじて暴動に発展しなかったのは、対応が一貫して誠実だったからにほかならない。

咲子も周囲への影響を考えて外出を控えていたのだが、四日目の昼過ぎに友人が訪ねてきた。明治座で再会した、あの噂好きの同級生だ。

「咲子さん、大丈夫？　これ、あんぱんなのだけど。毎度代わり映えしない手土産でごめんなさいね」

「とんでもない！　ありがとう、嬉しいわ……！」

差し入れはもちろん、自分の状態を慮《おもんぱか》ってやってきてくれたことが何より嬉しかった。

今日は少し時間があるというので招き入れ、食堂でコーヒーを振る舞う。

「まったく、世間はおかしいわよ。酷い目にあった人を責め立てるなんて。被害者に責任があるみたいな言い方、絶対に間違ってるわ！」

唇を尖らせて怒ってくれる姿を前にして、咲子は硬くなっていた気持ちがほぐれるのを感じた。忍介からは、着替えを運んで行った一郎を介し『心配ない』という旨の手紙を貰っていたし、使用人たちも気遣ってくれていたが、拭えないものがずっと胸にあった。

自分が犯した失態の責任に潰されそうで、苦しかったのだ。

「本当にありがとう。いつか必ず恩返しするわ。絶対よ」

そう言って頭を下げると、からからと笑われる。

「いいのよ。困ったときはお互いさまでしょ。学生時代、私もいろいろと咲子さんには助けてもらったわ」

「そうだったかしら。覚えがないわ」

「咲子さんは当たり前のように人助けをしてしまうから記憶に残らないのよ。あ、言っておくけど、うちは一家揃って預金の解約はしないわよ」

カップを持つ手をつい止めてしまう。この友人はまったく人が良すぎる。そこまで義理立てしなくていいのよと言おうとすると、やあねえ、と通った声が食堂に響く。

「そんなに申し訳なさそうにしないで。咲子さんを気遣って解約しないわけじゃないわ」

「なら、どうして……」

騒動を目の当たりにしていたら、きっと不安になるはずだ。今や顧客の六割が預金の解約を済ませたと、忍介からも手紙で聞いているというのに。

「うちは志方銀行に感謝しているの。なんたってそのパン、志方様のお世話にならなければ焼けなかったんだから」

「……え」

「主人の弟夫婦がね、パン屋の開業に迷っていたとき、相談に乗った上で資金を貸してくださったのは志方様の銀行だけだったそうなの。恩人なのよ」

さらりと答えてコーヒーを飲み干す姿を前に、目を瞬いてしまった。

そんな繋がりがあったなんて初耳だ。まさか忍介が友人の家族と、この甘味の発展に関わっていたとは。温かい気持ちになるとともに、咲子は己の責任の本当の大きさに気付かされた思いがした。

今、この状況が続けば、忍介はやがてそういった働きをこなせなくなる。すると、もっと広い範囲における、あるべき未来が消えてしまうのかもしれないと。

＊

——わたし、このままここにいていいの？

友人を送り出した玄関で、思い悩まざるを得ない。忍介が自分を妻にして得られたものなどあっただろうか。六年前の約束に縛られ、彼はとんでもない大損をしているのでは。

（いいえ。わたしが悩んだって事態が好転するわけじゃないわ）

両頬を掌でぱちぱちと叩き、咲子はお勝手へ向かう。

思うことはたくさんあるし、懸念も尽きない。だが悲嘆する時間があるのなら、美味しい料理でも作って差し入れしたほうがずっと忍介のためになる。それに責任を感じているのなら、暗い顔をしてこれ以上周囲に気を遣わせるのは違うだろう。

「よし。今晩はビーフシチューをお鍋いっぱいに作るわよ」

ワンピースの上に割烹着《かっぽうぎ》を着て、調理場に材料を並べると元気も湧いてくる。牛肉は今し方、使用人が調達してきたばかりのものだ。煮込み時間がかかるので、普段より少し早めに女中と一緒に土間に立つつもりだった。

「奥様、火の準備が整いました」

「ええ、ありがとう」

女中に声を掛けられて、咲子はかまどを覗き込む。火加減を見て、釜《かま》を上にかけようとしたのだ。すると、勝手口の外からガタリと物音がする。

外に立てかけられている竹箒が倒れたような音だった。

「野良猫かしら。最近多いのよね」

「私、見てきますね」

そう言って勝手口へ向かってくれる女中を、気軽な気持ちで見送る。きっと野良猫のしわざか、でなければ掃除用具が風で傾いたのだろうと簡単に思っていた。しかし、念のためかけてあった鍵を開けて、彼女が外へ顔を覗かせたときだ。

太い腕が割り込んで、扉をこじ開けたのは。

「ひっ……」

慌てて飛び退いた女中を見て、咲子は異変に気付く。のそりと土間に足を踏み入れたのは農夫じみた風貌の男。侵入者だ。門番もいるし、警備に隙はないはずなのに、何故。

咄嗟に、手元にあった火かき棒を右手で掴む。山岡に攫われたとき、抵抗する間もなく自由を奪われてしまったことから咲子の対応は早かった。

「無礼者！　出て行きなさいっ」

女中を背中に隠し、鉄製の火かき棒を男に突きつける。日傘ほどの長さのそれは、本来、洋室の暖炉の中をかき混ぜるためのもの。土間には数本のスペアが備えられているのだ。

だが、これで応戦できるとは当然思ってはいなかった。どんな武器を手にしたって、やはり男と女には腕力の差がある。

（一郎を呼ばなきゃ）

車夫の下宿部屋はすぐ隣だ。今なら部屋にいるはず。背後の女中を肘でつつき、助けを呼びに行くよう催促する。だが彼女は腰を抜かしてしまったようで、ただ震えている。

普通の女の反応はそうだろう。

致し方ない、と咲子は調理台の上に置かれていたすり鉢に手を伸ばした。非常事態を伝えるには声を上げるのみより、剣呑な物音があったほうが確実だと思ったのだ。

土間に落とされると、すり鉢は、バンっ、という乾いた炸裂音を立てて砕け散る。そうして男が足元に気を取られた隙に、咲子は声を上げた。

「一郎、一郎!! 今すぐに台所へ来てちょうだい! 侵入者よ!」

二度と攫われはしない。男の目的が何であれ、もしも勝手を許したら余計に志方銀行の状況は悪くなってしまう。これ以上の危機を、自分が招くわけにはいかないのだ。

——物心がついたときから強くあろうと生きてきたのよ。

「女だからといって甘く見ないで。躊躇ったりなんかしないわ!」

そう啖呵を切って、強い気持ちで男の喉元に火かき棒を突きつけた刹那だ。

「咲子!?」

台所に駆け込んできたのは一郎と、そしてここにいるはずのない忍介だった。

電光石火で侵入者を捕らえる一郎を横目に、咲子の全身からさあっと血の気が引く。どうして忍介さまが家にいるの。まだお勤めの最中のはず。

脳裏に浮かんでいたのは、四年前、街でスリに棒切れを突きつけたときのことだ。あの大捕物を目撃した直後、忍介は無言で米国へ旅立ってしまった。

こちらを見つめる忍介は、雷に打たれたような顔。

当時とまったく同じ表情をしていた。

＊

侵入者は令嬢誘拐犯の残党と咲子は疑っていたのだが、そうではなかった。

騒ぎに乗じて屋敷から金品を強奪するつもりでやってきた盗人らしい。志方家は小高い丘の上にあるが、屋敷の裏手に広がる鬱蒼《うっそう》と茂った林をわざわざかき分けて登ってきたようだと一郎から報告があった。

「警備の者も、林にひそまれてはさすがに気付けなかったそうだ。すまなかったな」

そう詫びた忍介に促され、咲子は二階の寝室のベッドの縁に腰を下ろす。

彼がまだ日も高いこの時間に家に戻ってきたのは、社員たちの気遣いが理由のようだった。連日の徹夜を心配され、早めの帰宅を勧められたのだとか。解約者も徐々に減りつつあり、現場はもう問題ないからと秘書が車で送ってきてくれたそうだ。台所にいたために、咲子は彼の帰宅に気付けなかったのだろう。

「……いえ、わたしはなんともありませんでしたから」

咲子はすっかり忍介と目を合わせることができなくなっていた。

ショックだったのは、四年前と同様のお転婆な姿を彼に見られたことだけではない。反省し、心を入れ替えてしとやかな女性になったはずが、ただの張りぼてだったと思い知らされた。自分自身に失望せずにはいられなかったのだ。

「も、……申し訳ございません……」

「何故おまえが謝る必要がある。俺の不手際だ。そうだろう」

「いえ、わたし、……わたしは」

悔やんでも悔やみきれない。

再会直後、彼の口から聞かされた言葉がぐるぐると頭の中を巡る。俺好みのいい女になった……というあれだ。だが本当は違っていた。

少しも彼好みの女になどなれていない。本質は物心がついた頃から同じ、お転婆で無鉄砲で男勝りの少女のまま。表面は取り繕ってみても、いつもどこか発散しきれないものを抱えて、布団を投げ飛ばしていたではないか。

すると、咲子はこれまで偽の性質で忍介を謀《たばか》ってきたことになる。

そのうえ誘拐され、仕事上でも大損をさせ、強盗にまで入られた。

（やはりもうここにはいられない）

これ以上彼の負担になりたくない、と咲子は強く思う。もはや何をするしないにかかわらず、咲子は妻でいるだけで忍介の人生をめちゃくちゃにしている。そもそも結婚自体、強引な約束のもとに成り立っているのだ。本当に彼を想うのなら、身を引くべきだろう。

「……ん、してくださいませ」

乾いた唇を開いたら、こぼれ出たのは掠れた声だった。

「咲子？」

目の前にしゃがみ込んだ彼が、じっとこちらを覗き込む。黒曜石のような瞳は気遣わしそうで、思わず甘えてしまいそうになる。だが、己を奮い立たせて訴えた。

「り、離縁してくださいませ。お願いです」

彼の双眸が驚きに見開かれる。

だが、この結婚は一刻も早く解消しなければ。

幸い、咲子のお披露目は姉のときのように、華々しく対外的には行われていない。なかったことにするなら今だ。忍介はとんでもない悪妻を摑まされたために披露もできず、すぐに追い出したからもう問題はないということにすればいい。

元凶さえいなくなれば、きっと銀行も早期に立て直せる。

「わたしと……、え、縁を切ってください」

「馬鹿を言うな。二夫にまみえぬ覚悟で嫁いで来いと約束したはずだ」

「ですが、このままでは志方銀行が」

「簡単には倒れないから安心しろ。すぐさまこれまでのように新規事業への投資は行えないが、銀行としての機能は最低限保てる。咲子が心配することじゃない」

「……そんな」

それでは駄目なのだ、と咲子はゆるゆると首を左右に振った。

最低限の機能？　そんな運営をするために忍介は銀行を継いだわけではないだろう。

開かれた国を作るためだ。

そして、友人の義弟夫婦のような人々の未来は彼の志によって守られる。

「お約束どおり妻にしていただけて、お側にいられてわたしは幸せでした。もう充分です」

「充分も何も、まだひと月半ほどしか経っていないだろう」

「それでも、想うだけだった日々よりずっと幸福でした。これ以上わたしひとりの幸せのために、あなたと、あなたに関わる大事な方々の未来を奪えません」

「……混乱しているんだ、咲子。今日はもう何も考えずに休みなさい」

「いいえ、わたしは冷静です」

震えそうになる手を太ももの上で握り合わせ、咲子は続ける。

「結婚前のお約束は守ります。二度と他家には嫁ぎません。逃げも隠れもいたしません。

忍介さまに夜のお相手が必要なのでしたら、一生、日陰でお世話させていただきます」

「愛人になると？　冗談じゃない。おまえのような女を表に出さずにおく男がいるとしたら、そいつは余程の愚か者だ。それに、おまえがここを追い出されたとなれば、おまえの父上の評判だって落とすことになるぞ」

「黒田家には縁を切ってもらいます。針仕事でもしてひとりで生きていきます。先ほどご覧になりましたでしょう。わたし、弱い女じゃないんです。ですから、どうか離……」

言いかけたとき、肩に軽い衝撃があった。後ろに体が傾き、抗うまでもなく背中からベッドに倒れ込む。そして仰向けになった視界には、不快そうな忍介の表情が映り込んだ。

「離縁などという言葉、二度と口にするな」

鋭い視線に息を呑んだのも束の間、唇が荒々しく落ちてきて反論を阻む。

「ん……っ、や……嫌！」

身をよじって抵抗しようとしたが、両手を顔の左右で捕まえられて動けなくなる。忍介は顔をじっとりと近づけ、絡めとるように囁く。

「どうした。嫌ではないだろう」

「い、嫌です。こんな自分、もう嫌なんです……っ」

このまま妻でいたらもっと嫌になる。ただ彼と結婚できれば幸せだと考えていた子供の頃と、今では心の持ちようがまるで違うのだ。

支えになれたらと思っていた。なのに実際はお荷物でしかないなんて。

「……っ、忍介さまほどの方ならば、他にもっとふさわしい妻が見つかるはずです」

「咲子以外の女を欲しいと思ったことはない」

「結婚して湧いた情なら、すぐに消えます。ひと月と少しぶんの情ですもの」

だからわざわざ好みから外れた女に固執する必要はない。前向きにそう言ったつもりだったのに、忍介の眉間には明らかに不愉快そうな皺が寄った。

「おまえ、俺がただ六年前の約束を守るためだけに求婚したと思ったか」

低い声は澄んでいて冷たいのに、奥にふつふつとした熱を持っているように感じられる。

「お……忍介さま……？」

「愛人などでは意味がない。おまえは俺の妻でなければ」

何故だろう。こめかみに落とされた口づけからは、湧き上がる感情をどうにか抑え込むような、ぎりぎりの自制が見て取れた。

「離縁などしない。やっと手に入れたんだ。おまえは生涯、俺のものだ」

咲子をうつ伏せにして押さえつけ、ワンピースを剝ぎ取る両手は強引以外の何物でもない。だがその目に宿っているのは不思議と、純粋な情熱ばかりにしか思えなかった。

＊

「やぁ……あ、っ」

縦長のベッドを横切るようにうつ伏せて、咲子はベッドカバーに爪を立てる。指先がきりりと布を鳴らすと、そこに扇のような放射状の波が浮き出た。両手の内に虚しく摑んでいるのは、深紅のベルベットと抗い難い快感にほかならない。

――もう、感じたくなどないのに。

なのに、摑んだ悦を離せない。無理矢理に体を開かれ、揺さぶられているにもかかわらず、嬉しいなんてどうかしている。

際限なく湧いてくる愛情が怖くて、必死に体をずらそうとするが無駄だった。捕まえられ、腰を引き寄せられて、後ろからまた深々と彼のものに貫かれてしまう。

「咲子……」

するると溢れる蜜が咲子に問う。これでも彼と離れられるのかと。

切なげな声が背中に降ってくるたび、胸に感じるのは引き攣るような痛みだった。

離縁などしないと言われて安堵している自分が怖い。罪悪感で心が焼き切れそうだ。

「お願い……もう、放してください、ませ……っ」

「駄目だ。おまえが逃げる気でいるうちは、放さない」

左の肩にねっとりとした口づけが落とされると、その熱っぽさに思わず涙が滲んだ。本当は放してほしくなどない。命尽きるまでこの腕の中にいたい。

「こんなに溢れるほど中に出されて……今更やめるのも朝まで抱かれるのも同じことだ」

「い、やぁ」

「嫌ならここをひくつかせるなよ。何度も弾けて俺にねだったのはおまえだ。俺のことも、俺に出されるのも本当は好きでたまらないんだろう、咲子?」

蜜源の奥の奥を尾てい骨のほうへ押し上げながら訊ねられ、指先にさらなる力がこもる。繋げられた部分がじりじりと昂ってゆく気配に、またひとつ、本能に抗う道を失った気がした。

「き……聞いてどうなると言うのです」

「本音を言えよ。俺が好きだと、離れたくないと」

「……っ、言える……はずが」

好きに決まっている。だからこれ以上、迷惑をかけたくないのに。

ベッドカバーに唇を押し付けて喘ぐのを我慢していると、左の耳殻に音を立ててゆっくりと口づけられる。

「一方的に身を引こうとするな。夫婦なら、奪うことを躊躇うな。俺のためならなんだってできると言っていただろう。ならば……徹底的に俺を困らせてみろよ」

「な、なにを突然……」

「おまえが気にするほど俺はまだ困っちゃいねェんだよ。それとも、俺は妻のひとりも庇ってやれないような、甲斐性なしの腰抜けに見えるか？」

ずるい、と咲子は胸の中だけで言い返す。忍介さまはずるい。罪の意識も葛藤も、そこから逃げ出そうとする臆病さまで見抜いて許容しようとする。

こんなに居心地の良い網に捕まってしまったら、きっと魚だって望んでしまうだろう。たとえ呼吸ができなくなるとわかっていても、その手で地上に引き揚げられることを。

「もっとねだれよ。おまえが欲しがるなら地位も身分も、命だって喜んでくれてやろう」

どうしてそこまで言ってくれるのだろう。愛してはいないだろうに。閨に一晩中付き合える女がそんなにも貴重なのだろうか。それとも他に、自分に執着する理由があるの？

（わからない。ここまで言っていただける理由が）

内壁をゆるゆると揺らされ、また少し上に体をずらして逃げようとする。と、今度は首すじに軽く歯を立てて阻まれた。

さながら発情期の雄猫のように、しかしやんわりと丁寧に。

「んぁ……っ」

痛みというよりじんわりとした痺れに襲われ、体の芯から力が抜けてゆく。背中に当たる彼の胸板の硬さまで心地いい。

そんな咲子の髪を右肩へ避け、忍介は左耳のすぐ後ろで「咲子」と囁く。

淡く、揶めとる口調で。

「自分だけ幸せにはなれないという、無用な強迫観念を持っているなら取り除いてやる」

ぞくりと体を震わせる咲子の両手を、忍介はそっと捕まえる。頭上で手首を重ねて摑む。そして彼はそこに、脱ぎ捨ててあった自分のシャツを巻きつけて軽く結んだ。

「これでもう、おまえは俺に抵抗できない」

嫌、と声を上げて反発しようとして、違和感に首を傾げる。よく見ればシャツは拘束の意味を成さないほどの緩さで結ばれている。引き抜こうとすれば腕は簡単に引き抜けるし、抵抗だってすぐにできてしまう。

だが忍介は念を押すように左耳の側で囁く。

「逃げられないんだ。わかるな？」

優しく丁寧なその響きに、やっと気付いた。このシャツは形ばかりの拘束で、忍介は咲子が腕の中に留まるための言い訳を与えてくれたのだと。

「返事は『はい』だ」

「……っ、だめ……」

かぶりを振りながら、苦しくてたまらなかった。何故彼は少しも咲子を責めないのだろう。誘拐されたことも、しとやかな女を装っていたことも、せめて罵《ののし》ってくれたら気が楽になるのに。

泣き出したい気持ちでいると、蜜源を出入りする屹立の動きが再開する。丁寧に奥を突き、内壁を心ごとほぐすように。そうして与えられる的確な刺激を、咲子は手首に巻かれた彼のシャツに縋って受け入れた。

「いいか、咲子。罪悪感に負けて出て行きたくなったら、そのときは見えない鎖に巻かれていると思え」

「っふ……、お、しすけ、さま」

「無理矢理に繋がれて放してもらえないのだと……俺の所為にしてしまえばいい」

どうしてそんなに優しいの。八つの頃から知っている少女だから？

弾ける予感とともに涙が熱く込み上げてきて、思わずきつく瞼を閉じる。こぼれ落ちる雫《しずく》のささやかな感触に小さく身震いして、ベッドカバーにまた爪を立てる。

布を掻くきりりという音は、背中に落ちてきた彼の甘い吐息に混じり消えてしまった。

＊

翌朝、咲子は忍介が寝息を立て始めたタイミングで密かにベッドを出た。自室へ行き、身に着けたのは、嫁入りの時に自宅から持ってきた地味な藍色の着物だ。いつもであれば浴室で彼の痕跡を洗い流してから着替えるのだが、今日は残したままでいたかった。

(……お世話になりました)

主寝室の前で深々と頭を下げ、感謝の気持ちを胸で唱える。妻として迎え入れていただけて嬉しかった。数々の失敗を咎めずにいてくださったことも今はありがたく感じている。

だからこそ、これ以上ここにいてはならないのだと思う。

きっと忍介ならばこの先も、どんな過ちでも赦《ゆる》して受け入れてくれる。ひどい我儘を言ったとしても、笑って言うとおりにしてくれる。そうしていつまでも甘えていたら、いつか彼の志を台無しにしてしまう。

――どんなに遠く離れても、好きよ。

彼と、彼の視線の先にあるものを誰よりも愛している。帝都にいつか彼の志が咲くのなら、ひとりでもきっと強く生きていける。

それだけ念じると咲子はぱっと頭を上げ、踵を返して階段を下り始めた。使用人たちに見つからぬよう、壁づたいに息を殺して。

玄関の外には守衛がいるだろう。そう考えて選んだ脱出口は洋館から和館へ至る渡り廊下だ。早足でそこへ行き、中庭に人がいないことを確認して履物を置く。素早くそれに足を入れ、外へ出ようとする。

そのときだった。

「咲子」

低い声がつむじに降ってきて、驚きに肩が跳ねる。と、間髪を容れず長い右腕が腰に回ってきて、あっという間に自由を搦めとられていた。

慌てて頭だけで振り返った咲子は、そこに浴衣姿の忍介を認めて目を見開く。

「何処へも行かせないと言ったはずだ」

いつの間に寝室から出てきたのだろう。まったく気付かなかった。

「は、離してください」

「何故逃げようとする？　おまえは何も気にせず、俺の側にいればいい」

「いいえ」

咲子はかぶりを振る。

「これ以上、大切にしていただくわけには参りません」

どうしてこんなに苦しいのか。決意を改めて口に出して初めて、彼の優しさが咲子が子供の頃からずっと変わっていないからだと悟る。妻ならばもっと苦労を掛けられて当然だろう。なのに、これでは子供扱いどころか他人同然だ。

性欲を発散する用事以外では、彼にとって咲子の存在は幼い頃のまま。

庇護しなければならない少女でしかない。

（わかりきっていたことなのに……）

いつから、どうして、役に立ちたいなどと高望みをしてしまったのだろう。

「も……申し訳ありません、逃げないと約束しておきながら……ですがわたし、もう」

「ふうん、なるほど。羽振りの悪くなった銀行の経営者など見限って、もっと財力のある男を見つけようというわけか」

「まさか！」

「どうだか。わざわざ二十二も年上の男を選ぶ利点と言ったら、財力と精神的余裕くらいのものじゃないか」

そんなことはない。咲子が惹かれたのは忍介の人柄そのものだ。そう伝えようとすると、後ろから今度は左腕が回され、右腕と合わせて体をぎゅっと閉じ込められる。

「……いや、俺にはずっと余裕などなかったな」

「忍介……さま？」

「側にいてくれ。どこへも行くな。……俺は」

絞り出された声に、胸が締め付けられるようだった。これもやはり彼にとっては庇護の延長だろうに、愛と錯覚してしまいそうだったから。

妻のままでいては迷惑になる。だがこの腕を振り払って去ったとしても、彼の優しさを踏みにじることになる。一体、どうしたらいいというのか。

わかるのは、元の状況にただ戻るのでは駄目だということだけ。

だとしたら、残された道はそう多くない。

「……でしたら、いっそわたしを繋いでくださいい……」

咲子は短く息を吐き、胸の前にある力強い二本の腕に震える手を添える。去ってゆくのも迷惑になるのなら、去りたい気持ちを挫《くじ》いてほしかった。

「勝手に出歩いてご迷惑をお掛けしないよう、わたしを閉じ込めてくださいませ」

「咲子、なにを言って……」

「いつでも解けてしまうような、優しい戒めではだめなんです。もっときちんと、逃げられないようにして。お願いです」

頭の後ろで、彼がコクリと唾を呑むのが聞こえた。普通ではない申し出をした自覚はある。だが、もはやあとには引けない。

お願いですからと重ねて乞うと、数秒の間ののちに答えが返ってきた。

「それがおまえの望みなら、そうしよう」

低い声にはかすかな解放の気配がある。密封していたものの蓋《ふた》を、わずかに隅だけ開いたような。咲子は無言で頷いて、拒否されなかったことに束の間安堵する。けれど根本の部分では判断の是非に迷っていて、霧中にいる心地が消せなかった。

8、

和館の南に座敷牢《ざしきろう》があることは、忍介も幼い頃から知っていたという。

だが、実際に使われている様子など一度も目にした覚えはなかったから、自分にも縁がないものと思っていた――と語ってくれたのは今朝の話だ。

「咲子、ただいま帰ったぞ」

夕刻、六畳ほどの空間に彼の声が響く。牢は三方を漆喰《しっくい》の壁、廊下に面した一方を木の格子で囲まれている。備えられているのは一畳ぶんの畳と布団一組、そして衝立《ついたて》一枚と簡単な生活用品のみで、物音は簡単に反響した。

「お帰りなさいませ、旦那さま」

ランプひとつが灯る薄暗い座敷牢の中、格子の内側で座礼して迎えると、背広姿でしゃがみ込んで聞かれる。

「どうだ、そろそろここから出る気になったか」

「いいえ」

少しの無言。そののちに、そうか、と答えはそっけなく返された。

また彼の好みの女とは別の対応をしてしまったのかもしれない。だが、聞き分けのいい態度をとったとして、それは大人らしいのだろうか。

考えれば考えるほどわからなくなる。彼が好む大人らしさというのはどんな性質なのか。子供っぽさを内包しない大人などこの世に存在するのか。

すると忍介は立ち上がりざまに、こちらを見下ろして口角を上げた。

「ならば脱げよ」

突然の挑発するような口調に、どきりとした。脱ぐ――ここで？

座敷牢は奥まった場所にはあっても、完全に隔離された場所ではない。忍介がこの状況をどんなふうに説明しているかわからないが、使用人がやってくる可能性もまったくないわけではないだろう。

「な、何故そのようなことを」

「こんな場所では脱げないのか。ベッドへ行くか？」

しかし次に思惑ありげな声でそう誘われると、ようやく直感が働いた。

忍介は自分を、この座敷牢から誘い出す理由を作ろうとしているのだ。

「……いえ、こちらで結構です」

閉じ込めてくれと自ら申し出たその日に、あっさり意志を曲げたくない。

咲子は自ら帯に手を掛け、着物を上から順に脱いでいく。長襦袢まですべて板の間に滑り落とすと、次に掛けられたのはもっと近くに来いという言葉だった。

「胸を格子から出せ。俺を惑わせるように、いやらしく」

大胆な要求をすれば怖気《おじけ》づくと思われているのかもしれない。

だとしたらますますあとには引けない。

「……っ」

顔の横で格子を摑み、胸の膨らみを外へおずおずと出す。みぞおちに当たる格子が冷たくて、耐えきれず体がぶるっと震えてしまう。

「へえ。もっと淫靡になるかと思ったが、却って清廉に見えるな。聖女のようだ」

そう言った彼は格子の内側へ右手を差し入れた。後頭部を捕まえられ、軽く上を向かされたと思ったら唇を斜めに重ねられて思わず声が漏れる。

「ん……っ」

舌の挿入を伴う、深い口づけだった。

前触れもなくとろりとした体温を口の中に含まされ、全身が強ばる。

「……ふ、ぅう……!」

過去、幾度も経験してきた口づけとは違う。

今までどれだけ深く探られても、故意に液を与えられたことはない。しかも、これほど強引に。口の中でクチュクチュとそれを混ぜられながら、咲子は漠然と不安になる。

——忍介さま……？

本当に彼だろうか。この行為もこちらを怯ませるためだろうか。それとも。

するとかんざしを抜かれ、長い黒髪が背中に垂れる。思わず身震いした途端、コクリと喉が鳴ってしまう。

「ア……」

わずかに胸へ下りるのは彼の温かさだ。何故だろう。怖いのに恍惚のうわずみを口にしたような甘やかさがあって、戸惑わずにはいられなかった。

狼狽える咲子を見下ろし、忍介は目を細める。

「まだ終わりじゃないぞ」

ねっとりした声色は、いつか横浜の港で聞いたものと同じだ。だが、圧するというより掬めとるみたいな、独特の雰囲気を感じた。

返答できずにいると、唇はふたたび重ねられる。存分に舌を絡めたあと隙間をもうけられると、唇と唇の間につうっと液が細い糸を引いた。

「まだだ。口を開けていろ」

様子をうかがうような視線に、やはりと思う。強引な行為で咲子を怯ませ、ここから出たいと言わせるつもりなのだ。拒否するわけにはいかない。

「ん、く……」

だが、彼のなすがままになるのは決して嫌なことではなかった。

少しずつ、彼の温かさに慣れていく喉が心地いい。不思議と胸の隅々まで甘く、満たされる感じがする。初めて知る官能的な口づけ。あらゆる意味で彼に支配されてゆくことにかすかな陶酔感を覚え始めた頃、忍介は畳を示して咲子に命じた。

「そこに横になって、格子に膝を掛けるんだ」

「……え」

「脚を広げてみせろよ。できるだろ」

具体的にどんな格好を求められているのか、聞くだけではわからなかった。けれど実際に畳の上に仰向けになり、膝を広げて格子の隙間に脚を一本ずつ差し込んだとき、あまりの卑猥な体勢に全身が火照った。

まるで無理矢理脚を広げられ、膝を木に括り付けられて秘所を露わにされているような格好だったのだ。

——や……！

まるで見世物だ。顔を背けていなければいられないほど恥ずかしい。

「どうした。離れの布団が恋しくなったか？」

「……い、え」

誘う声にかぶりを振ると、蜜源がぐっと押し広げられる。彼の右手の中指に、薬指を添えて挿れられたのだ。多少の引っかかりを感じるかと思いきや、それは一息でするりと根元まで呑みこまれてしまった。

「っあ……あ、ぅ」

「口づけだけでこれほど濡れる体に……誰がしたんだろうな」

内側を慣らすこともなく、忍介はその指を前後させ始める。じゅくじゅくと、熟した柿を啜るような音を立てて。

普段、こんなときには左手が胸元に伸びてくる。そしてそこを優しく撫でたり引っ張ったりして感じさせてくれる。

だが、今日の彼の左手は迷いなく咲子の割れ目へ向かった。親指と薬指で左右に花弁を広げ、人差し指と中指で器用に内側の粒を摘んで弄られて腰が浮いてしまう。

「届くのはここだけだ。今夜は、もう胸はお預けだな」

「ふっ、ぁ……あ」

「自分でも触れるなよ。ただ揺れるままにしておけ。いいな」

「っは……い」

頷くと、脚の間を両手で丁寧に愛撫され、咲子の体はびくびくと畳の上で跳ねる。

「ああ、あ」

体の上で揺さぶられ、放置されたままの胸が切ない。きっと今、このふたつの頂のどちらかを舐めたりしゃぶったりしてもらえたら、すぐにでも弾けられると思う。

「お、忍介さま……っ」

もどかしさに、咲子は腰をくねらせながら左右の二の腕で胸を寄せた。けれどももどかしさは変わらず、欲求は持て余されるばかりだ。

ああ、あの肉厚の掌に、この膨らみをそっと摑んでいただけたら。全身を愛おしそうに撫でて、思うままに抱き締めていただけたら――。

「……あっ……ん、あ」

想像するだけで胸の先端はつんと尖り、感じているかのように天を向く。

焦れ切った咲子の中を、忍介の指は丁寧に出入りし続けた。軽く折り曲げて襞を圧迫されると、下腹部に熱がじりじりと溜まってゆく。

「おまえはここも好きだろ。ん?」

指を傾けて左右の壁もじっくりと擦られる。掌を裏返して尾てい骨の内側あたりまで丹念に弄られて息が上がってしまう。

「あ……っぁ、あ……」

胸がいけないならせめて繋げてほしいと、気付けば切実に願っていた。

その、指で激しく混ぜているところを奥まで彼に支配してほしい。

（忍介さま……きて……）

そう強く念じたのが届いたのか、偶然なのかはわからない。忍介が割れ目から左手を退け、指先をズボンのボタンにかけたのを見て期待感がじわりと体に広がった。

これで繋げていただける。

だが、彼の右手の指は蜜源から出て行かない。それどころか体勢も変えてもらえず、続けざまに指で内壁を擦られて咲子は戸惑いながら声を上げた。

「っ……、どう、して」

「どうしてだろうな？」

意地悪そうに言った彼は、左手で咲子の脚の付け根に流れる蜜をすくった。また舐め取られるのかと思えば、彼の張り詰めた場所へ塗りつけられる。二度も三度も、同じように。

「……こんなものか」

蜜を移す手が止まったのは、たっぷりと潤いが彼自身に移った頃だ。それから彼が自らそこを撫で始めたので、咲子は狼狽えずにはいられなかった。

彼がひとりで果てるつもりであることは明白だった。

「旦那、さま……っい、」

嫌です、繋げて、と懇願の言葉が口をついて出そうになる。

擬似的な行為のままでは嫌だ。挿れた「つもり」では到底足りない。けれど、ねだったらどうなるだろう。ベッドへ連れて行かれる？　ああ、それこそが彼の狙いなのだ。少しでも甘えたら最後、ひたひたに甘やかされる場所へ戻されてしまう。

絶対にねだるわけにはいかない。

咄嗟に右手の甲を唇に当て、咲子は瞼をぎゅっと閉じる。

「ン、んん……っ」

「なんだ。可愛い声をもっと聞かせてくれないのか」

そうしたいに決まっている。

「……う、ぁ」

焦れったさで息苦しい。中指と薬指を出し入れしながら親指で割れ目の内側を撫でられて、中身のない快楽に泣きたくなる。深さも質量も足りない。もっとぴったり、彼の形に押し広げられて満たされたいのに。

耐えきれず両手で自分の胸の膨らみを摑もうとすると、グッと内壁の上側を押し上げて咎められる。

「勝手に触っていいと誰が言った？」

「で、ですが、……ッ！」

咲子は腰を跳ね上げる。一瞬、目の前がちかっと白くなるほどの刺激だった。

「胸はお預けだ。言うとおりにしろ」

彼の声は冷ややかだ。含まれているのは怒りというより焦燥《しょうそう》のようではあるが。

「なあ、咲子。閉じ込めて欲しいなどという突飛な要求をすれば、俺が手を引くとでも思ったか」

「……っ、え」

「残念だったな。俺はおまえを、志方忍介の妻以外の者にするつもりはない」

心臓がきゅっと締め付けられるような宣言だった。

そうしている間も、彼の両手は別々の場所で似た音を立てていた。滴るほどみずみずしい蜜の音だ。

指を出し入れされるたび、彼の欲の気配を間近に感じて中が締まる。じんじんと熱い痺れが膨れ上がって、張り詰めたものに絡みついている気がしてしまう。

「あ……あ……」

そうしてひたすらに襞を擦り続けられると、昂りきって到達する場所があった。

「ふっ……ん、あ……！」

背中がびくんっと跳ねて、弓なりに反る。閉じた瞼の裏がちかちかと点滅し、一瞬呼吸ができなくなる。息苦しいはずなのに、得られるのは解放に似た悦楽だ。やっと酸素を得られたような、塊だったものがふっと液体に変わるような。

「……ん……」

繋がったまま弾けるときより浅く、すぐに消えてしまいそうな快感が寂しい。ほんの一滴でも逃したくなくて全身で心地良さを味わっていると、彼がはあっと息を吐いた。

同時に下腹の表面に降らされるものがある。ぬるい飛沫……彼の欲の発露だ。

「素直に……ベッドへ運ばれていれば良かったものを」

自らで汚された咲子の腹部を見下ろし、忍介は不憫《ふびん》そうな目をする。こんなことをされて可哀想に、とでも言いたげな目を。

しかし咲子は初めて肌の上で受け止めた欲を、決して不快とは思わなかった。

(忍介さまの……)

ひとまわりぶんの歳月、想い続けてきた人から与えられたものだ。牢内の空気にみるみる冷やされてしまう熱の儚《はかな》さが、ただ愛おしかった。

全身を襲う甘い痺れの中でぼうっとしていると、彼が咲子の体を清めてくれた。湯を張った桶《おけ》を持ってきて、わざわざ牢の中へ入り、手ぬぐいで優しく拭ってくれる。自分でできますと訴えてもうまくあしらわれ、気付けば浴衣姿になり膳で食事を取らされていた。

やがて寝支度が整えば、決まり事のように布団の中に引っ張り込まれる。一枚だけしかない畳の上に敷いた、狭い布団の中に。

「忍介さま、まさかここでお休みになるおつもりですか」

「俺の自宅だ。どこで寝ようが俺の勝手だろ」

そうかもしれないが、わざわざ座敷牢を選んで寝る人間などいないだろうに。

「このような場所で寝られてはお体に障ります。毎日お仕事でお忙しいのに……、寝室のベッドのほうが休まりますわ」

「咲子がいない場所で、俺が本当に休まると思うか？」

一体、どう答えたらいいというのか。気怠そうな問いは色っぽくて、心臓を落ち着かなくさせられてしまう。

「ほら、寝ろ。慣れない場所に押し込められて疲れただろう」

部屋の隅に灯っていたランプに長い手が伸び、明かりが消される。

後ろから守るように抱く腕の中、咲子はやはり困惑するしかない。

自分と結婚したのは六年前の約束があったからで、さらに夜の濃厚な行為を拒まないからではなかったのか。ただ寄り添って眠るだけなら自分でなくてもかまわないはず。

必要とされるのは欲を発散する夜だけではないの？　牢の中にまで付き合うのも庇護？

どこからが夜でどこまでが元の闇なのかわからぬ暗さの中、咲子は疑問と推測の間で揺れ惑うしかなかった。

＊

本人の望みとはいえ、座敷牢は妻に与える環境として適当ではない。でなくとも咲子は忍介にとって甘やかせるだけ甘やかしてやりたい相手だ。できることなら早くここから出してやりたいというのが忍介の最初の気持ちだった。

「ただいま戻った」

監禁が始まって数日が経つと、忍介は仕事から戻った足で咲子のもとへ直行するのが習慣のようになっていた。背広の上着も脱がぬまま、ただ真っ直ぐに。

「お帰りなさいませ、旦那さま」

長い髪を結いもせず、それを垂らして座礼する咲子はその仕草で誘っているようだ。服は毎日別のものを運んで着せているが、今日の赤いドレスは牡丹をひとつそこに落としたふうで風情がある。あるいは一滴こぼれた血の雫か。

「ベッドへ行くか？」

「いいえ」

「ならば脱げ」

早く触れたくて、忍介は閂を外し牢の内側へ入り込む。そうして畳の隅にあぐらをかき、胸元のリボンをほどいている彼女を膝の上にのせて唇を重ねた。

——咲子はここにずっといた。今日一日。昨日も、その前も。

一刻も早くこんな場所から出してやらねばと思う反面、常に彼女の状況を把握していられる環境のいかに甘美なことか。

米国にいた頃、把捉することから得られる安堵感は何物にも代え難かった。

遠く離れた日本の地で、咲子が無事でいるのか。また危ないことに頭を突っ込んでいないか。他の男に心を移していやしないか。

知れば知るほど安心できた。

同時に、もどかしくてたまらなかったのだ。

咲子の護衛にいくら彼女の情報を報告させても、内側まではどうしたって知れなかった。

彼女が何を想い、誰を慕い、どんな体つきでどんな温度を好むのか——わずかに残った空白にどうしようもなく焦らされてきた。

「旦那、さま……」

畳の上の、まだ畳まれたままの薄い布団に彼女をそうっと押し倒す。胸元のボタンを外してゆくと、はだけた胸からはたとえようもない甘い匂いが漂った。

ほの暗く質素で肌寒いこの場所は、咲子がいるだけで羽毛のようにふわふわした感じを内包する。柔らかい感触をそっと楽しんでいたい反面、思いきり握り潰してしまいたくなるような衝動を呼び起こす。

——早くここから出てくれないだろうか。いや、あと少しこうしていてもいいだろうか。

相反する欲求が忍介の目の前にちらついて惑いを生む。

この環境は甘やかすぎる。あの頃さかんに願ったものが、簡単に手の内におさまる。内も外も、望めば望んだだけ彼女を把握していられる。

背広の上着を乱暴に投げ捨てると、板の間の上でボタンがぱらりと鳴った。乾いた地面を雨が打つような、どこか湿り気を感じさせる音だった。

＊

座敷牢へ入ってから何日が過ぎただろう。今は何時？　食事ならば決まった時間に運ばれてくるのだが、すっかり予想がつかなくなってしまった。一週間と少しが過ぎた頃、咲子の時間の感覚は徐々に鈍くなりつつあった。

「ッあ、……あ……」

括られた両手で格子に摑まり、咲子は折り畳んだ布団に膝をついて声を上げる。着物からこぼれた胸を摑み、後ろに突き出したお尻にがつがつと腰を打ち付けているのは、背広を軽くはだけただけの忍介だ。

「さ、きこ……」

熱い塊が、閉じた太ももの隙間をさかんに前後している。溢れた蜜をまとい、まるで内壁を本当に擦っているかのように。

蜜源はたっぷりと蜜に潤い、いつでも繋げられる状態にある。

それなのに張り詰めたものは割れ目に擦り付けられるばかりで、今日も埋めてもらえそうにない。

昨日も、その前もこうだった。

座敷牢にいる限り、繋げてはもらえないということなのだろう。

それならそうとはっきり言ってくれたらいいのに、忍介はただ無為な行為を繰り返すばかりで決定的な言葉は口にしない。だから脳裏には一抹《いちまつ》、満たしてもらえるのではないかという期待が残っていて、その曖昧《あいまい》さに苛まれずにはいられない。

「はぁっ、は……ぁ……」

欲しい。せめて欲しいと言いたくて、涙が滲む。

いっそ自分で繋げてしまえたらとも思った。一昨日の話だ。しかし彼の腰を捕まえて呑み込もうとしたとき、両腕を摑んで阻まれた。

——いい子にしていろよ。

あのとき奪われた両腕の自由は今も彼の元にある。

行為が始まると真っ先に、忍介は着物の帯で咲子の両手首を格子に括り付けたのだ。今日もいい子にしているように、と。

「……背中、汚すぞ」

掠れた声を発した唇が、うなじに触れる。そこに歯を立てられ、グッと肌に歯先を食い込まされて熱い息が漏れる。

「お、忍介さま……ア、ぁ……ッ」

噛まれているという感覚が、以前甘噛みされたときよりずっと強かった。尖端は表面だけでなく奥へと突き進んでこようとする。まるで埋めきれない体の繋がりをそうして埋めようとしているみたいに。

腕を括っている帯にしてもそうだ。

ここへ隔離される前夜、咲子の両手首に巻きつけられたシャツはいつでも逃げ出せるほど甘い結び方だった。なのに今、格子と手首を結んでいる帯に隙はない。咲子にできるのは、どうにか格子に摑まっていることだけだ。

「……咲子、そろそろ、気付けよ」

「あ……あ……」

「おまえはこんな場所にいられる女じゃ、ねえだろ」

どういう意味だろう。頭を働かせる余裕もなく必死で呼吸するだけの咲子に、忍介は荒っぽく腰を打ち付ける。

「気付けよ。でないとこのまま……ッ、壊しちまうぞ……！」

彼の動きに合わせて、両手首を括っている帯がぎしぎしと格子を鳴らす。

――気付いてはいるのだ。

日々徐々に、この営みから聞こえる軋みが大きくなっていることは。

こんな状況は普通ではない。日の当たらない部屋に閉じ込められて、快楽の為だけに肌を触れ合わせて。そういう普通ではないことが身に馴染んで、染みてくるから混乱する。

「咲子……さきこ」

中身のない声だ。彼が呼ぶ自分の名前は、こんなに虚しい響きだっただろうか。だが、その無気力ささえ耽美に感じられてめまいがした。

（おかしくなりそう……）

この空間に漂うとろりとした官能に親和してゆくのは身だけではなく心もだ。彼が廊下の先から姿を見せるだけで体の奥が沸き立つようになる。去って行く背中を見ていると、ともにここに閉じ込めてしまいたいと思う。

いけないと考えていたはずの行為に、香り立つものを感じて揺れる。

すでに倒錯した世界に片足を突っ込んでいるのかもしれない。彼も自分も。

「あ……ぅ」

彼の先端の窪みが何度も咲子の粒を弾くと、虚しくも快感は膨れ上がった。彼の額の汗が幾粒か咲子の肩に滴り、またこの身は背徳に慣らされる。

と、ふいに、しつこく擦られていた割れ目から彼のものが退いた。直後、背後で息を呑む気配。期待感で咲子が身をわななかせれば、背中にぱたぱたっと温かい雫が散らされた。

「ん……っ」

一瞬、儚い快感の火花が瞼の裏を明るくする。

以前はあんなに熱心に咲子の内側を支配していた彼のこと、表面的な行為ではもどかしいだろうに、自ら繋がろうとはしない理由はわかっている。

自分をここから出すためだ。

咲子もそれは理解している。けれどどうしたら良いのか、もはや見当もつかなかった。

考え始めると、ここにいなければと自分を戒める気持ちが潰れそうになる。本当にこのままで良いのか。今の状況は却って彼の負担になっていやしないか。

だが、元へ戻る自信もない。

もっとも危惧しているのは、彼の志の妨げになることだ。

(それだけはできない……)

乱れた息を吐いていると、背中に受けた彼の欲が腰を右へと流れてくる。音もなく腹部

に伝ったそれは、咲子に軽い身震いを引き起こさせた。

拠り所のない営みは幾晩、幾度も繰り返され、咲子の身を闇に懐かせていった。

9、

雨だ。

忍介が出社して何時間経ったのか、壁の向こう側からぴたんぴたんと雫の滴る音がして咲子は座敷牢の片隅で顔を上げる。薄汚れた漆喰の向こう側がすぐ外の世界になっていることに、初めて気付いたのは三週間目の朝だった。

結婚前は、雨があまり好きではなかった。

晴れの日に遠くまで見通せる街の景色が、薄紙で塞がれたようになるから。

けれど今、狭い畳の上で耳を澄ませて聴く雨の音は、座敷牢の中の退屈をほんの少し遠ざけるのに適役だった。

（ひい、ふう、みい、よ……）

軒下から滴る雫の音を数えつつ、ちょっと笑ってしまう。まるでお手玉みたいだ。雨ってこんなに楽しいものだったかしら。

「ふふ」

けれど自分の笑い声が耳に入ると楽しさは急激に冷める。何が楽しかったのか、そもそも楽しいというのはこんなときに湧いてくる感情だったのか、わからなくなる。

疑問は曇った目を磨いてしまうからいけない。薄暗い中では、最初から何を見ようともしないほうが楽な気持ちでいられるのに。

すると、廊下の先から雨音に混じって聞こえる声がある。

「……奥様」

女の声だ。黙っていると、呼び声はもう一度投げられた。

「咲子奥様」

確かめるような響きに、咲子は聞き覚えがあるわと思う。

ここへ閉じこもる前日、台所で強盗にまみえてしまった女中の声に似ている。もしやと名前を呼びかけてみると、予想どおりの顔がおずおずと廊下の先から現れた。周囲を気にしながら、割烹着姿のままで。

「申し訳ありません。家令以外の者がここに立ち入ることは旦那様から禁じられているのですが、私、どうしても奥様にお伝えしたいことがあって」

「どうしたの？　上で何かあった？」

畳の上で立ち上がり、格子に手を添えて問う。まず真っ先に心配の言葉がついて出たのは、彼女が強盗を前にして怯《おび》えていたのを思い出したからだ。

「いえ。あの、まずはお詫びをさせてください。侵入者があったとき、お役に立てず申し訳ありませんでした。本来、盾となってお護りせねばならない立場にいるのは私のほうですのに……」

「何を言うの！　我が身を省みずに尽くしてほしいなんて誰も思っていないわ」

それは一昔前の価値観だろう。使用人は職業人であって、旧幕時代の奉公人とは違う。

当たり前に述べた咲子に、彼女は心からすまなそうな表情を見せる。それから「ありがとうございます」とひとつ頭を下げて、言った。

「奥様にだからこそ、お伝えしたいお話があります」

その目に宿っているのは決意だろうか。

「旦那様のことです」

「忍介さまに何か……？」

「はい。奥様がここに入られてからというもの、旦那様はこの家でお食事をなさっていません。一度もです」

全身から血の気がさあっと引く思いがした。忍介が家で食事をしていない。そういえば事後にここへ夕食を運んで来るとき、彼が食事を済ませている時間はなかったように思う。

「何故そのようなことを」

「奥様のいない食卓は寂しい、と。帰宅後は玄関から真っ直ぐにこちらへ向かわれますし、朝も時間が許す限り奥様のお側にいらして、出掛ける前にさっと朝風呂に入られるだけなのです。もう、体力の限界ではと」

知らなかった。ああ、どうして気付けなかったのだろう。

昼食は仕事場で取っているのだろうか。仮に取っていたとしても、すでに二週間も朝晩の食事を抜いているのだ。体に悪いに決まっている。


生きた心地がしないまま、咲子は忍介の帰宅を待った。

彼が座敷牢に現れたのは夕方だ。門を開けて入ってきたその人は濃い雨の匂いを連れていて、玄関からここへ直行してきたことは間違いないようだった。

「ど……うして……」

咲子は堪えきれず問う。

「どうしてですか。どうして……わたしのために、そこまでしてくださるのです」

思い出してみれば、彼の背広の上着はいつも玄関で咲子が受け取っていた。食事中は身に着けないのだ。夕食後にここへ来たならベスト姿のはず。だいいち、食事をすませた人間が雨の匂いをこれだけ強く纏っているわけがない。

「なんだ。どうした？」

顔を合わせるなり問いただされて、彼は呆然としている。だが引けない。

「お食事、家できちんととられていないそうではありませんか」

「……家令以外の者がここへ来たんだな？」

「わたしの質問に先に答えてください」

畳の縁に腰を下ろした彼に、咲子はすぐ右隣からにじり寄る格好で迫った。

「ご自分の都合より、ここへ通うことをどうして優先なさるんです……」

彼の得になるものが自分のもとにあるとは思えなかった。六年前の約束さえなければ、きっと妻の立場には別の女性がいた。その程度の存在だろうに。

動揺しきった咲子の横で、忍介はふっと気抜けしたように笑う。

「なんだ、まだわからないのか」

そうして板の間の上にかいたあぐらは、今にもばらけそうなほど浅い。目尻には細かな皺。その頬がほんのりと痩けて見えて、泣きたくなる。

「わかりません。何も。わからないから苦しいんです。理由もなく優しくされるのは、もう……もう」

これ以上は耐えられない。

「わたしは本気です。八つの頃からずっと。忍介さましか好きになれなくて」

「……咲子」

「からかっているなら……今日でお終いにして。もうここへは二度と来ないで。わたしのことなど捨て置いてくださいませ……！」

飢えて息絶えるまで放置してくれたらいいと本気で思う。自分はもう、寸分たりとも彼の負担にはなりたくないのだ。彼の志の、妨げになりたくない。

左手で彼の右肩を摑んで揺さぶると、その手を大きな左手にやんわりと静止させられる。

「落ち着け。俺はおまえをからかってもいないし、捨てる気もない」

「どうして？　わたしはご迷惑ばかりお掛けした上に、あなたを騙してもいたんですよ。表面上はしとやかで落ち着いた女を装って、お転婆な性質を隠して……」

浮かんできた涙を零さないようにこらえて、咲子は肩を震わせる。ここで泣くのは卑怯だ。彼だって責めるに責められなくなる。

けれど忍介はまた少し笑って、咲子の頭を右腕で胸に抱き寄せてしまう。

「あれで隠していたつもりか？」

つむじの近くで囁かれた低い声に、わけもわからずゆるりと顔を上げる。と、目の前にあったのは得意げな笑みだった。

「お転婆な性質を隠し通せていたと思っているなら、そこがそもそも間違いだ。咲子は俺からしたら昔も今も変わらない、芯の強い利発な女だ。しとやかとはまったく違う」

「はい……？」

「ついでに俺は、おまえが必死で大人らしい女になろうとするあまり、自宅で布団を投げ飛ばしていたことも知っている」

「……は!?」

驚きのあまり、目玉と心臓が一緒に飛び出すかと思った。何故それを。

「おまえの護衛から届いた報告書に書いてあった。情報源はおおかた使用人のたつあたりだろうが、責めてくれるな。実際、俺も海の向こうで大笑いさせてもらったしな」

咲子は本当に可愛い、と鷹揚な態度で言われて目を見開いてしまう。可愛い？　見損なったりしなかったのだろうか。一体何を言っているのだろう、この人は。

「な、ならば何故わたしを妻に……お、忍介さまの好みの女性は二十歳以上の落ち着いた分別ある大人の女性でしょう」

「咲子が好みの女ではないと言った覚えはないが」

「で……ですが、衝撃を受けたような顔をなさっていたではないですか。わたしがスリを追い詰めたときも、台所で強盗に火かき棒を突きつけたときも」

「そうだったか？　見惚れただけだろう」

あの野蛮な大立ち回りの、どこに見惚れる要素があったというのか。

もはや会話が噛み合っている気がしない。話せば話すほど余計に訳がわからなくなる。

いや、その前に、好みの女ではないというのが間違えているのなら……自分は忍介好みの女だということ？　それで見惚れたの？

「え……え？」

二の句が継げずに口をゆるゆると開け閉めしていると、彼が目の前で諦めたようにふっと笑った。直後に、額に軽い口づけが落ちてくる。

そこに淡い息を感じると、次に与えられたのは甘い囁きだった。

「……愛している」

にわかには信じられなかった。

気の所為か、願望が生み出した幻の声としか考えられなかった。それはそうだろう。八歳で初めての恋に落ちてから今の今まで、自分は片想いのままだと思って生きてきたのだ。

結婚してからも、想い返してもらえていると自信満々には思えなかった。いつかそんな日が来るとして、もっと先のように感じていた。

「も……もう一度おっしゃって……？」

「愛していると言ったんだ。四十を越えた男に野暮《やぼ》なことを何度も言わせるな」

「……うそ」

「嘘じゃねえよ。結婚の約束をしたときは、単なる気まぐれだったんだがな。スリに唆呵を切るおまえの横顔を見て、気付かされた」

衝撃の大きさにまだ一言も発することができない咲子に、忍介は低く優しく囁き続ける。

「妻にするならこの女をおいて他にない、と」

彼は咲子の髪を右手で撫でながら、長年探していたのだ——と語った。

伝統を重んじるしとやかな令嬢ではなく、新しき世をともに作っていける、伝統に縛られない革新的なパートナーを。その性質をほかならぬ咲子が持っていることに、あの瞬間、気付いたのだそうだ。

「それから、ずっとわたしのことを……？」

「正確に言えば、自覚したのはもう少しあとの話だが」

これ以上言わせるなよと彼は気まずそうに呟いて、それから語調を変える。

「なあ、咲子。おまえはこんな場所でひっそりと暮らせる性質じゃねえだろ」

忍介は語りかける。説くように、穏やかに。

「そろそろ気付けよ。俺が惚れたのは、周囲の目や世間の評判を気にして身動きが取れなくなるような女じゃない。誰に何を言われようと、自分の正義を貫く人間だ」

そのとき、欲しかった答えがやっと胸に落ちてきた気がした。

——気付けよ、というのは……わたし自身のことだったんだわ。

考えてみれば、以前の自分ならこんなことはしなかった。できないことを探すより、今できることに没頭しようとしていた。ほかでもない、彼のために。

するとと喉の奥がキュッと締まって、目の前が徐々に歪む。こらえようもなく一粒こぼれた涙は、砂地に落ちた雨のように、すっと心に染み込んだ。

「わたし……」

涙声を絞り出すと、軒下に滴った雨粒がぴたんとみずみずしい音を立てる。

まだ、怖いばかりだ。ここから出てまた失敗したらと思うと怖い。彼の志の妨げになるかもしれない可能性は、きっとこの先も自分をもっとも脅かすもの。

けれど踏み出さなければ。彼はここまで言ってくれたのだから。

「わたしを、ここから出してください」

語尾でしゃくりあげた咲子の両頬を、肉厚の掌が左右からそっと包む。右手から香るのは万年筆のインクの匂いだろうか。二本の親指で頬の涙を拭われたと思ったら、次に優しく告げられる。

「もう一度、言ってみなさい」

「わたしを……ここから出して、お側に置いてください……っ」

「ああ。おまえが決めたなら、そうしよう」

ここへ連れて来られる直前にも似たような台詞を聞いた気がして、ハッとした。彼は咲子の気持ちを頭ごなしに否定せず、強引に考えを曲げさせたりもせず、納得して前に進めるまで待っていてくれたのだ。

自分の欲求をすべて後回しにして、咲子のために。

そうと気付いたら、胸の奥が熱く痺れた。

「……っ、わたし、世間一般の良妻には程遠いかもしれません。ですが」

「なんだ？」

「ですが、精一杯頑張ります。忍介さまのお役に立てるように。忍介さまが望んでくださった、わたしらしくあるように」

どんなに頑張っても、うまくいかないときもあるかもしれない。今以上に奪ってしまうものがないとも限らない。だが、そこを補ってあまりあるものを差し出せるようになれたら。そんな妻を目指すのではいけないだろうか。

「もう二度と、迷いません」

宣言して彼を見つめると、忍介は満足そうに微笑む。

「ああ、それでこそ俺の妻だ」

唇は、口角を上げたままゆったりと落ちてきた。薄いガラスにそっと唇を寄せるような、かすかな感触の優しい口づけだ。

それから彼は喜ばしげに立ち上がる。

そして咲子の手を引き、座敷牢から導き出してくれた。

洋館二階の主寝室で聴く雨音は、座敷牢のそれとはまた違う。

地面を打つ音は遠く、降り注ぐ音はせせらぎのように滔々《とうとう》としている。行き着くところを知らないその音には、いつの間にか遠くへ流されてしまいそうな感じがする。もちろん、彼とふたり一緒に。

「……おまえをこうして抱きたくて、抱きたくてたまらなかった」

ベッドの傍の円卓にランプをひとつ灯し、彼は咲子を仰向けに押し倒した。床には待ちきれず脱がせあった背広とワンピースが点々と落ちている。

この室内でもっともひたひたになっているのは咲子の胸の中だった。広い背中に腕を回し、抱き返しただけで感極まってしまいそうになる。

「申し訳ありません……気付くのが遅くなって」

「座敷牢にいた間のことじゃない。海の向こうにいた間の話だ」

左の首すじに落ちた唇が、ちりりとした痛みを散らしながら左胸の先へ辿り着く。そこを大事そうに口に含まれ、ぬるい吐息が漏れる。

「ん……っ」

「知りたくてたまらなかった」

時折ちろちろと舌先で先端を転がしながら、忍介は言う。

「他の男に奪われる前に、一刻も早く奪ってしまいたかった」

咲子だって、早く奪ってほしいと思っていた。初めて告白したあの夜から、ずっとだ。

忍介にもそう思ってもらえていたのなら、こんなに嬉しいことはない。

胸の先を舐められるままにしていると、脚の付け根にひたりと当てがわれるものがある。

いつもよりさらに硬く、張り詰めきっているものだ。

「許せ。今夜は焦らす余裕もない」

ぐっと先端だけが穿《うが》たれる。指で慣らしもせずに繋げられたのは初めてだ。途端に、甘いものを口いっぱいに頬張ったような感覚が下腹部に広がって、息もできなくなる。

「ぁ……っあ」

触れているところからぐずぐずと溶けていってしまいそうだ。

身悶える咲子の中を、屹立はゆっくりすぎるほどゆっくりとのぼってくる。勿体ぶるようにわずかずつ、咲子の内側を楽しむように。

「ッ……半分入れただけで、こんなに溢れさせるなよ」

「あ、ぁ」

「注いでやるのはこれからだというのに……」

語尾に重ねて根元まで埋められて、奥の壁を押し上げられて高い声を上げてしまう。使用人たちに聞こえるかもしれないと思っても、止められなかった。

「んうぁ……あ、っ忍介、さ……ま」

ただ収めただけだ。

それなのにこんなにも心地いいのは、心が通ったからだろうか。

「嬉し……、わたし、ずっと……こうしてほしかった……」

彼の形に窮屈なほどぴったりと内側を満たされて、思わず涙が一粒こぼれる。

座敷牢での忍介の行為は技巧的で、擬似的な営みでも快感はきちんと与えてもらえた。

だが、彼と繋がっている充足感は他のどんな快感にも代えられない。

「っ……好き。あなたが、好きです……」

今夜は泣いてばかりだ。泣きべそは自分らしくないかしら、と手の甲でそれを拭おうとすると、顔の横で両手を捕まえられてシーツに押し付けられた。

「これ以上、年甲斐もなくさせないでくれ」

独り言のような一言だった。と、突然内側に波を起こすように揺らされて、喘がずにはいられなくなる。

「あぁ……あ、っ、いや、待っ……」

すぐにでも弾けてしまいそうだ。抵抗しようとしたが、両手は顔の横で押さえつけられていてできない。彼が激しく腰を振るたび、咲子の体の上ではふたつの膨らみが前後して揺れる。

「これほど、夢中になるつもりは……なかった」

「んん、ぁ……だ、め……もう、わたし」

感じすぎて全身に媚薬でも回っているみたいだ。軽い口づけを与えられると、唇は胸の先より鮮やかな悦を感じた。

「四年も離れていれば……すべてを一度知り尽くしてしまえば……少しは、冷静になれると、思っていたのに」

必死になってやめてと訴えても、彼の動きは大胆になるばかりで止まる気配がまるでない。熱の塊は深く出入りして何度も奥の壁に打ち付け、先端の窪みで内側の襞を弾く。すると咲子の体はますます高みへと煽られる。

だがその強引さには、座敷牢で感じていた虚ろさがなかった。重みのある情熱を、仕草のひとつひとつから感じる。小さな変化だが元の彼に戻ったのだとわかって、良かったと思う。

「……愛している……愛しているんだ。おまえだけを」

熱い吐息とともに、甘い声が降ってくる。低い響きが毒っぽい。荒々しい息を吐きながらだと、余計に。

「もっと絡みついてくれ。もっと俺を、欲しがれよ」

「はぁっ……あ、あ……だめ、です、もう……っ」

激しい愉悦に瞼の裏がちかっと瞬く。普段よりずっと早い限界の兆候だ。膨らみくる、と予感してぐっと奥歯を噛み締めると、彼が右胸の先にしゃぶりついた。膨らみごとそれを吸われ、さかんに刺激される。

「あぁ、あ……」

右が済めば次は左だ。ツンと尖った先端に舌を絡められ、柔らかく吸い上げられて悶えてしまう。汗で濡れた前髪が鎖骨をなぞるのもたまらなくて、ついに咲子は腰を跳ね上げた。膨れ上がっていた快感は弾け、陶酔感が全身に広がる。

「お……忍、介さま……っ」

びくびくと体を揺らして達する咲子を押さえつけたまま、忍介はがむしゃらに自身を出入りさせる。痙攣する内側の柔らかな感触を、一心不乱に貪る。彼の欲の発露を受け止めたのは、直後だった。

「……ッ、俺は、溺れるばかりだ。おまえの、すべてに」

内側で震えた屹立に、何度かに分けて奥に注がれる熱が嬉しい。蜜源の奥がじんわりと、温かく感じられて嬉しくなる。

この二週間、どれだけこうしてほしいと願っていたことか。

恍惚として与えられた熱に酔っていると、腰の下に腕を回されて突然抱き起こされた。ベッドの上に座った彼の腿に跨る格好になってしまい、慌てたがもう遅い。下からゆるゆ

ると腰を揺らされ、内側を感じ続けるままにさせられる。

「動けよ。できるだろ」

低く甘い、毒のある声で催促されたらぞくぞくと新たな悦が背筋を駆けのぼった。指先までとろけるような痺れが染み渡った状態で、咲子は自ら腰を動かしはじめる。

「もっとだ。もっと……俺しか知らないおまえになってくれ」

果てた直後は、しばし咲子の体を愛でることに集中するのが彼の習慣なのだが、今日は耐えきれない様子だ。

大人の理性をかなぐり捨てて咲子を貪り尽くそうとする顔は、野性的としか言いようがない。それこそ狼のような、鋭さのある顔だ。ああそうか、と咲子は思った。

狼のような印象は、決して飼い慣らされはしない獰猛な欲求の表れだったのだ。

とはいえ、得たいのは快楽でなくもっと別のものであることが、なんとなくわかるような行為だった。

*

ふと気付いたとき、咲子は湯の中にたゆたっていた。夢でも比喩でもなんでもなく、事実、湯船の中にいたのだ。

鼻をくすぐるのは檜の香り。離れの脇にある湯殿だとすぐにわかった。いつの間にここに。ぱしゃんと床を打つ水音に頭をもたげると、左耳の近くで低く呼ばれる。

「咲子、起きたか」

覚醒したての体がびくっと硬くなる。同じ湯船の中に忍介がいると気付いたからだ。咲子の体は忍介の脚の間にあり、筋肉質な腕に腰をしっかりと抱かれている。

「あ……！」

何を考えるまでもなく、ただ恥ずかしくて反射的に逃げ出そうとしていた。男性と一緒に湯につかるなど、想像したことすらない大胆な行為だ。だが腰を捕まえている腕はびくともせず、あまつさえ咲子は寝起きだ。

逃げ出せるはずがなかった。

「綺麗な体じゃないか。隠すことはない」

「そ、そうおっしゃいましても」

恥ずかしいものは恥ずかしい。

「いいから黙って浸かれ。温まった頃合いで離れまで運んでやるから」

そこまでしなくてもいいと訴えたとして、聞き入れてもらえるかどうか。その前にどうやってここまで連れてこられたのだろう。想像して青ざめてしまう。もしも使用人に目撃されていたとしたら、一体どんな顔をしておはようと言えば……いや、その前に。

「今、何時ですか」

「朝の六時だ」

「大変！」

朝食の準備をしなければ忍介の出社に間に合わない。思わず湯船の中で立ち上がると、驚いた顔をして反《そ》っくり返った彼が、一拍置いてちょっと笑う。

「いいものを見せてもらってすまないが、今日は半休を取るという連絡をしたばかりだ」

それを先に言ってもらいたかった。ひとまず胸を撫でおろした咲子は、彼の視線の先を辿って「きゃあ！」悲鳴を上げてしまう。

自分が裸だということを忘れていた。

「ほら、浸かれよ。さっき入れてやったばかりなんだ。寒いだろう」

促されて湯の中に肩まで沈み、ため息をひとつ落とす。まったく、昨夜からびっくりし通しだ。後ろ頭を彼の右肩にそっと預けると、左耳のすぐ側でくくっと笑う声がした。

「なんだ。年寄りの矜持に付き合うのは疲れたって顔だな」

「いえ、そんなことは。むしろムジナにでも化かされている気分ですけれど……」

「はは、ムジナの銀行経営か。金庫から枯れ葉がわんさか出てきそうだ」

化かしている自覚はあったらしい。

何と言って返そうかと考え始めたものの、咲子はすぐに考えを翻して口を開いた。

「その、ひとつお訊ねしてもよろしいですか」

「なんだ？」

「四年前のことです。大捕物を目撃してわたしを妻にと考えてくださったのなら、どうして一言も告げずに米国へ行ってしまわれたのです？」

伸ばした足の先をもじもじと擦り合わせて小さく問うと、背中に当たっている彼の胸はやはりおかしそうに揺れた。

「野暮なことを聞くなよ」

「だってわたしはてっきり、あれで嫌われてしまったものと。だから何も言わずに米国へ行ってしまったのだとばかり思っていたんですもの」

自分の左肩越しにちらと顧みる。責めたいわけではない。真実を知って納得したいだけなのだ。すると彼は観念したように口角を上げて咲子を見た。

「令嬢誘拐犯に、おまえに気があると悟られるのを懸念したこともある。だが出発前に連絡を取らなかった一番の理由は……待てと言いたくなかったからだ」

忍介の額に浮かぶ汗がつうっと顎へ伝って、咲子の肩へ落ちてくる。

「いつ戻れるか、本当に無事に戻ってこられるのか、俺にもわからなかった。そんな状態でおまえを好いていると、帰国を待っていてくれと言えると思うか？」

「……あ」

「でなくとも当時おまえは十六。花の盛りだった。三十八の男とは月日の重みが違う。無為に待たせるくらいなら、先に交わした約束を守らせるべきだ。それが大人の男のけじめってやつだろう」

先の約束というのは例の『契約』のことだろう。

咲子が二十歳まで嫁に行き遅れていたら忍介が貰い受ける。ただし姑息な手は使いっこなし、縁談があれば真剣に相手と向き合うこと。最初から破談にするつもりで会わないこと。親が決めた結婚には逆らわないこと——。

つまり忍介は四年間、咲子がより良い未来を模索できるよう制限を与えなかったのだ。

「と言っても、結局は囲い込んじまったが」

濡れた前髪を掻き上げ、自嘲するように笑う顔が色っぽい。言いたいのは、咲子の縁談をことごとく阻止していた件に違いない。

自らの本心を明らかにしないうちから、密かにこちらの選択肢を片っ端から取り上げてしまう——考えると、いい年齢の男がすることではないように思う。

だが、そんな少年じみたところも愛おしかった。

「……忍介さまったら」

一緒になって笑い始めると、腰に回されたたくましい左手に力がこもる。逃がさないと言いたげに引き寄せられ、左のこめかみに口づけを落とされる。

「許してくれ。どうしてもおまえを嫁に貰いたかったんだ」

そうして淡く囁かれた声は、毒っぽくも甘く穏やかだった。

たまらない気持ちで体ごと振り向き、咲子は忍介の首に腕を巻きつける。胸が水面の上に露わになったが、かまわなかった。

「六年前の約束がなくても、妻にしてくださったと思っていいんですよね」

「今日はやけに野暮なことばかり聞くんだな」

笑い皺の刻まれた、渋みのある顔が近づいてくる。斜めに唇が重なると、後頭部を掌で包み込まれて口づけを深くされた。ゆったりと絡み合う舌。熱くとろけそうな感触に、頭の中までいっぱいにされている気になる。

表面だけでなく、やっと深い部分で触れ合えたみたいだ。心も、体も。決してほどけないほど強く結ばれた実感がある。

すると突然、湯殿の扉を叩く音がする。驚いて彼から体を離すと、続けて「旦那様、奥様」という慌てたような家令の声が響いた。

「こちらにいらっしゃいますか、旦那様」

呼びかけられて数秒後、なんだ、と答えた忍介は若干不機嫌だった。咲子との時間は一分一秒も邪魔立てされたくないといったふうに……若干だけれども。

「お客様がいらしております。秘書の方が」

「なんだ。仕事の話なら出社してから聞くと言え」

「いえ、その、外国の方をお連れなのです。ゴールドスミスとおっしゃる方が一緒にいらしています。旦那様と奥様、おふたりにお会いしたいと」

「ゴールドスミス……デヴィッドか？」

忍介は訝しげな顔でこちらを見る。目が合って、約束でもあったのかと訊ねられているような雰囲気に、咲子は慌ててかぶりを振った。

訪ねて来られる用事に心当たりはない。そう答えようとして、はたと思い至る。

ひとつだけ心当たりがあるではないか。初対面で、ゴールドスミスにはお困りのことがあればいつでもお声掛けくださいと言ってあった。

もしかしたら頼ってきてくれたのかもしれない。そう伝えると、彼は気を取り直したように女中に告げた。

「食堂に通して、コーヒーを出してくれ。身支度を整えてすぐに向かう」

着物の長着を身に着けて脱衣所をあとにしたとき、彼の表情には眠そうな気配も、寝起きの緩慢さもすでになかった。

仕事へ向かう顔だわ、と咲子は思う。斜め後ろから凛々しい横顔を見つめてしまうのを、止められなかったことは言うまでもない。

＊

「サキコ！」

「お久しぶりです、ゴールドスミスさん！」

英語で挨拶をしてハグで歓迎する咲子を見て、忍介の秘書は目を丸くしていた。

恐らく、咲子を社交性のない深窓の令嬢だとでも思っていたのだろう。まだ忍介の妻として公の場にも出ていないのだから当然と言えば当然だ。

「それでデヴィッド、何があった？」

「わたしたちで力になれることなら、なんでもおっしゃってください」

続けざまにそう言った忍介と咲子を前に、ゴールドスミスは何故だか笑い出す。大きな体を揺さぶり、ははははと声を出して愉快で堪えきれないという感じに。

「そういう君たちだから好きなんだよ！」

好いてもらえるのはありがたいが、深刻な問題があって訪ねてきたのではなかったのだろうか。そうでないのならば、どうしてこんな早い時間から背広姿でやってくる必要が？

疑問に思って忍介と顔を見合わせていると、ゴールドスミスの右手が咲子の背を叩いた。

「今日はふたりに助けてもらいたくてここへ来たわけじゃない。逆だよ、逆」

「逆……？」

「そう。私は君たちの助けになるために訪ねてきたんだ。はっきり言えば、志方銀行に支援をしたい。そのための仲間も募ってある。話を聞いてもらえるかい？」

予想外の申し出に、咄嗟に返せる言葉はなかった。

こうして席に着き、ゴールドスミスが語ったのは驚くべき提案だった。志方銀行が安定した経営を続けられるよう、これまで忍介が世話をしてきた企業をまとめて支援をする輪を作ったこと。そして近々、志方銀行を通して大きな取引を始めること。取引には相当額の手数料が発生するらしく、難しい単語での説明もあった。

黙って話を聞いていた忍介は、そこで顔をしかめて話に割り込む。

「その件なら、本国へ戻ってからゆっくり考えて決めるべきだと言っておいたはずだ」

「よく考えたよ。考えた上で、この取引は逃せないと思ったんだ。すでに契約書も交わしてある。すぐに志方銀行を通して取引が始まるよ」

「だが、デヴィッド……」

「オシスケはよくしてくれたと思う。先々のことまでしっかり試算してこの話を持ってきてくれた。私はなにより、君というビジネスパートナーを失いたくないんだ」

取引の規模は咲子には予想もつかない。だが、忍介が息を呑んでいるのを見ると、今の志方銀行には代え難い額なのだろう。それに、前回三人で話したときも大きい取引だと言っているのを聞いた覚えがある。

「でも……どうして」

そこまでしてくださるの？　いくらビジネスパートナーのためとはいえ、そこまでする利点が彼にあるのかどうか。

事態が呑み込めずに訊ねると、ゴールドスミスは青い瞳を細めて微笑む。

「サキコ、私はあなたにも心から感謝しているんだ。なにしろ今回この取引が成功したのは、君があの日、私に道を教えてくれたおかげでね」

「……えっ」

「覚えているかい？　いつか必ず恩返しをすると約束したこと。今がその『いつか』だ」

年輪の刻まれた穏やかな微笑みに、何と応えたらいいのか見当もつかなかった。彼のほうこそ、まさかあんなに小さな出来事を律儀に覚えていてくれたなんて。

感激して咲子は左隣の椅子に座っている忍介を見る。だが彼はまだ難しそうな表情をして視線を落としている。諸手を挙げてゴールドスミスの案に賛成といったふうではない。

「忍介さま？」

疑問に思って覗き込むと、彼の顔はぱっと前を向いた。

「デヴィッド、この話を心からありがたいと思っている。だが、今回は気持ちだけ受け取らせてくれ」

「オシスケ、遠慮はいらない」

「いや、遠慮しているわけじゃない。実際にまだ、志方銀行はすぐさま倒れるような状態ではないんだ」

忍介が言うには、志方銀行では顧客から預かった資産のほとんどが、貸付と投資には使われていなかったらしい。目減りしないよう分離して管理されていたため、解約者が多数出ても首が回らなくなるということはないそうだ。

問題は、このままの細々とした経営が続けば行員たちの人員整理を迫られる件だ。それだけはやってはならないことだ、と彼は自分に言い聞かせるように言う。

「今、我々に必要なのはマイナスを埋めるための策じゃない。起死回生の一手だ」

流暢な英語での一言だった。聞きなれない言い回しがあって目をしばたたいていると、起死回生だ、と忍介が日本語で言い直してくれる。

「起死回生？」

「ああ。この状況を一刻も早くひっくり返さねばならない」

方法は考えてある、と忍介は言う。

「俺は咲子のお披露目をしようと思っている。国内外の要人を招いた、盛大な結婚披露の舞踏会だ」

えっ、と聞き返す言葉が声にならなかった。ゴールドスミスも目を丸くしている。

この大変な時期にわざわざ結婚のお披露目をして一体何になるというのだろう。誘拐されたばかりの新妻を人前に晒したら、それこそ忍介は人格を疑われるのでは。

「む、無茶ですわ」

「いいや、経営が危ういと思われているときに、それを裏付けるような質素な振る舞いをしては却っていけないんだ。咲子さえ前を向いてくれたら決行しようと思っていた」

「ですが」

「俺は確信している。おまえのその人間性が周囲に明らかになれば、つまらない噂など立ちどころに消える。だいいち、噂が沈静化するのを待っていたって大逆転は生まれない。そうだろ？」

訊ねられて、すぐに頷くことはできなかった。そのような大勝負に、一体勝機はどれだけあるというのか。助け舟を求めて正面のゴールドスミスに視線を送れば、意外にもにっこりと笑顔を返される。

「それはいいアイデアだね。サキコに会えば皆、こんな利発な女性が誘拐されたなんて嘘だと思うよ」

「ゴールドスミスさんまで、そんな」

楽観的な意見を言わないでほしかった。誰か忍介を止めてくれる人はいないのだろうか。弱り切って背後の秘書に視線を遣ったが、反応はなかった。秘書も忍介に賛成なのだろう。会談の内容を手帳に書き起こしつつ、咲子のほうは見てくれない。

「サキコはもっと人前に出たほうがいいんじゃないかな」

ゴールドスミスはコーヒーカップとソーサーの傍に、組み合わせた両手を置いて言う。

「英語も話せるし、コミュニケーション能力も高い。国内外の人間が集まるパーティなんて最高に似合う場所じゃないか」

「そうおっしゃられましても」

半信半疑で忍介を見ると、彼は笑顔で頷いてくれる。問題ないとでも言いたげに、自信たっぷりに。

もしもうまくいかなかったら。失敗してまた迷惑をかけることになったら……と不安が口をついて出そうになって、咲子は咄嗟に唇を引き締めた。

――もう迷わないと決めたんだわ。

身を引くことが美談と思ううちは、自分は現実から逃避している。触らぬ神に祟《たた》りなしと言うが、触ってしまった過去は変えられない。だが祟る神を起こしたなら、逃げるのではなく宥めすかそうというのが本当の気概じゃないか。

(やってみよう)

自分にできることはなんだってやってみなければ。もしもまた烈女と呼ばれてもかまわない。彼の支えになれるのなら本望だ。

「……わかりました。忍介さまがお決めになったことなら、そのとおりに」

それからゴールドスミスに向き直って、願い出る。

「お願いがあります。お知り合いに英語以外の言語が話せる方がいらしたら、紹介してくださいませんか。舞踏会までに簡単な挨拶だけでも覚えたく思います」

まことしやかに語られた噂を覆すには、それなりの説得力が必要だ。四年かけて烈女の噂と戦った咲子にはわかる。時間をかけて沈静化をはかることができないのなら、人々に驚きをもって受け入れられる必要がある。そのために必要な努力なら惜しまず、死に物狂いでやろうと思った。

この一歩で、新しい未来を切りひらくために。

＊

舞踏会は二週間先、会場は鹿鳴館——つまり華族会館に決まり、外国語猛特訓の日々が始まった。

講師はゴールドスミスが紹介してくれた三人の友人だ。それぞれフランス語、ポルトガル語、ドイツ語を教えてくれ、咲子はひとつでも多くの言い回しを覚えようと躍起になって彼らの言うことを吸収した。

「いいですか、奥様。フランス語は美しく流れるような発音が命。さあもう一度、私に続いて発音なさってくださいませ」

「はい。よろしくお願いします！」

妥協は許されない。着飾って人前に立つだけなら幼子にだってできるのだ。それ以上のことを成し遂げなければ、現状は変えられない。

講師は午前中にひとり、午後にふたりが入れ替わりにやってくる。発音も文法もめまぐるしく変わるので、混同しそうになったのは一度や二度ではない。

咲子は講師がいない間も練習を繰り返した。たとえば台所に立ちながら、あるいは湯船に浸かりながら、異国の言葉を頭に叩き込んだ。

特訓に熱中しすぎて、忍介の出迎えをしそこねたこともある。

「アンシャンテはフランス語ではじめまして……アンシャンテ、アンシャンテ……」

「へえ、精が出るな」

突然真上から低い声が降ってきて、心臓が止まるかと思った。

「旦那さま！　申し訳ありません、わたしったら」

応接間のソファから慌てて立ち上がろうとすると、そのままでいい、と止められる。どうやら彼の上着は女中が代わりに受け取ってくれたらしい。台所での強盗騒ぎのときの女中だ。彼女にまで頑張ってくださいねと小声で言われて、さりげない補佐に頭が下がる。

すると忍介も微笑んで、咲子の膝に茶色い紙袋をそっと置く。

「土産だ。こんぺいとう、好きだろう？」

「まあ！　わざわざ遠回りして買ってきてくださったのですか」

「俺も何か、おまえのためにしてやりたくてな」

「ありがとうございますっ。嬉しいです」

小さな気遣いに胸がじんと熱くなる。仕事帰りにまで自分のことを思い出してくれたなんて。大好きなこんぺいとうはもちろんのこと、咲子は彼がそんなふうに考えてくれただけで充分嬉しかった。

忍介はソファの隣に腰を下ろして、気さくに特訓にも付き合ってくれる。

「よし、俺からも問題を出してやろう。『イッヒ　グラトウリーレ』に返答は？」

ドイツ語で『おめでとう』だ。

「ええと、ありがとうは『ダンケシェーン』ですわね」

「ああ。おまえは本当に呑み込みが早いな」

肉厚の掌に頭をぽんと撫でられて、つい口元が緩んでしまう。

特訓の合間には、ドレスの採寸にも追われた。

お披露目は絢爛豪華に行うと忍介が決めた以上、咲子もそれに従って新しい夜会服を仕立てねばならない。ただ、もう十代ではないのだから大人の女性らしく、飾り立てすぎず優雅にとそれだけは念を押してお願いした。

刻一刻と時が過ぎてゆく中、様々な人々から様々な支援があった。

友人は招待状が届いたからと、ただそれを報告するためだけにあんぱんを持ってやってきてくれたし、姉の峰子はたつとともにわざわざ我が子の顔を見せにきてくれた。姉の出産には結局立ち会えなかったので、元気な母子の姿を確認できてどれだけ嬉しかったか。

そのたびに感じたのは、今自分が向き合っている問題は自分と忍介だけのものではないということだ。絶対に、引き下がれるわけがなかった。

*

「いよいよですわね」

舞踏会当日、会場入りの前に自宅で朝食を取る咲子の手は震えていた。武者震いだと言いたいところだが、原因は緊張のためにほかならない。ここまで積み重ねた努力があればこそ、精神的な重圧がますます大きくなって止められなかった。

そんな咲子の状態を慮ってか、忍介は普段よりさらに穏やかに話してくれる。

「そうだ咲子。今度、知り合いが華族会館で慈善バザーというのをやるらしい。おまえも参加してみないか？」

広い食堂にはナイフとフォークを扱う音が小さく響いている。慣れた手つきで卵を切り分ける仕草にも色気が漂っている気がして、なんとなく動作を目で追ってしまう。

「慈善……それはどのような？」

「自宅にあるものを持ち寄って、販売して、その売り上げを慈善団体に寄付する試みだそうだ。父も賛同して屋敷内の品を整理してもいいと言ってくれた。志方銀行の精神を世に知らしめるにはいい機会だと思うんだが、どうだ」

「素敵ですね。とてもいいと思います」

　それで自分は何をすればいいのだろう。使っていない宝飾品などを商品として出せばいいのだろうか。訊ねようとして、ふと閃いた。

「あの、その慈善バザーという催し、わたしにも主催できないでしょうか」

「おまえに？」

「ええ。せっかくでしたら参加者ではなく、主催者として志方家の名を銘打ったほうがより多くの人々の目に留まるのではと。いかがでしょうか」

　思いつきをそのまま言うと、忍介は気付いたように手を止め、ふいに椅子の背もたれに体を預ける。それから髭を剃《そ》りたての顎を撫でつつ、なるほどと答えた。

「確かに妙案だ。だが、催し物を企画するのは想像以上に労力が必要な仕事だぞ。参加者を募って、品物を管理して、また告知をして人を呼ばねばならない」

「だからこそわたしが主催するのではないですか」

「ああ？」

「忍介さまは銀行のお仕事でお忙しいでしょう。でもわたしなら時間が取れます。家事は使用人が補佐してくれていますし、今、外国語を特訓するペースで準備したら、きっと」

やってやれないことはないと思うのだ。志方銀行の起死回生の追い風になるのなら、試みない手はない。真面目な気持ちでそう述べたのに、忍介はおかしそうに肩を揺らしてクスリと笑う。

「な、何故笑うのです」

「いや、やはりおまえで間違いなかったと思ってな」

何のことだろう。忍介は年齢のせいか性格のせいか、あまりストレートにものを言わないので時々判断に困る。

咲子は戸惑いながらも、色気たっぷりに笑う忍介の姿に見惚れずにはいられない。今夜が楽しみだ。彼も今夜の舞踏会に備えて夜会服を新調したのだが、仮縫いで試着した時点ですでに素敵だった。

初めて一緒に踊った、七年前の夜よりも。

「しかし、そうなると俺も少し考えないとならないな」

コーヒーカップを傾けながら彼がそう言ったので、咲子は首を傾げてフォークとナイフを置く。

「何をですか」

「大きな責任をおまえが負うというのなら、働けなくするわけにもいかないだろう」

一瞬何を言われているのかわからず、視線を宙で彷徨わせてしまう。働けなくなるというのはどういう意味で？　だがすぐに言葉の意図を察して、かあっと頬が火照った。妊娠させるわけにはいかないと忍介は言っているのだ。

「そ……そうですわね……」

確かに、主催者という立場にいながら役を降りるわけにはいかないし、無理を押して動いて我が子を危険には晒せない。

「しかし、しばらく夜の生活を自粛するわけにもいかない」

「い、いかないのですか……」

その言葉も確かに納得できるものだった。というのも、舞踏会の準備で忙しくなれば少しは回数も減ると思ったのに、彼は健気に頑張る咲子の様子を見てさらに火がついてしまった様子で、これまで以上に熱心に咲子を抱くようになってしまったのだ。

予想外だった。

ならば慈善バザー以外の案を考えるべきだろう。他に、志方銀行の名を良い意味で広めるにはどうしたら良いのか。咲子が考えを巡らせていると、忍介は別の方向で考えを進めたらしい。企んでいるような顔で、テーブルの上に左手でゆるく頬杖をついた。

「そうだな。おまえが俺の欲を、他の手段で発散させる方法がないこともない」

「他の方法……？」

今度は咲子が首を傾げざるを得ない。あのとめどない欲をどうやって、抱かれること以外で発散させればいいというのだろう。……まさか浮気を許せとでも？

「いっ……嫌です！　わたし、何だっていたします。ですから他の女性のお世話になるのだけはおやめください。吉原だって嫌ですわ」

腰を浮かせて訴える咲子を前に、忍介は意外な反応を見たように動きを止める。しかし、すぐにうっすらと笑った。完全に悪だくみをしている顔だが、必死な咲子には気付けない。

「へえ、何だってするのか」

「はい。どんなことでもいたします」

「そうか。たとえば少し、息苦しくなるようなことでも？」

「息……それはどういう意味で……？」

「俺はできるかできないかを聞いているんだが」

「が、頑張ります！　できるまで頑張りますから、やらせてください！」

これも志方銀行のため、彼の志のためだ。そして何より咲子は、とにかく忍介に余所を向いてほしくなかった。やっと叶った恋なのだ。

まんまと手に落ちた妻を前に、忍介は満足げにフォークとナイフを握り直す。

「わかった。ならばまず今夜、すべて俺の言うとおりにすることだ」

その口角は綺麗に上がって、唇はまるで寝かせた三日月のようだ。しかし彼が何を考えていてもかまわなかった。彼のためならなんだってできる、と咲子はコーヒーカップを置いて居住まいを正す。

「はい。すべて忍介さまのおっしゃるとおりにいたしますわ」

「……おまえは本当に、利口な割に素直で助かる」

「え？」

「いや、独り言だ。ほら、冷めないうちにしっかり食べろ。何事も体が資本だからな」

彼の言うとおりだ。今日も元気に自分の役割をこなし、夜通し閨で過ごすためにはまず体力をつけねばならない。咲子はもうひとつ頷いて、食べかけのトーストに手を伸ばす。

そこで、手の震えが治まっていると気付いた。会話に夢中になっている間に忘れてしまった。きっと忍介のことだから、わざとそうして忘れさせてくれたのだろう。

――やはり、わたしはとんでもない方に嫁いだのだと思うわ。

夜通し妻を繋げても発散しきれないほどの、異常な欲求を抱えた方。少年じみた囲い込みで自分を娶った方。怒り出すとぞっとするほど冷酷になる方。

だが、誰より大きく信頼できる器を持った方だ。

格子窓の向こうに目をやると、テラスの奥に青々と茂る芝生が見える。雨はすっかり降り止み、晴天のもとの緑にいくらかの露が残されているのみだ。見慣れたはずの景色は水無月を目前に、わずかに色を濃くしただろうか。

思い返してみると変化はあらゆるものに訪れて、自分は彼だけでなくもっと広い世界と時間の流れを共有してきたような気がする。

この先、何度この場所で春を見送るだろう。

ひらひらと風に舞う桜の花びらを脳裏に思い描くと、以前よりもっと高く、軽やかに風に乗ってゆくのを想像できる気がした。

エピローグ

「ようこそおいでくださいました。お会いできて光栄ですわ」

忍介の右で膝を曲げて挨拶をする咲子は、ひときわ華やかな杏《あんず》色のドレスに身を包んでいる。使っているのは英語と日本語、そして少しのドイツ語とポルトガル語、フランス語だ。緊張をものともせず練習の成果を見せる妻の笑顔を見下ろし、忍介は心を軽くする。

(やはり家に閉じ込めておくには惜しい)

夕刻を迎えて、華族会館には馬車や人力車がぞくぞくと到着していた。

名のある華族、政治家、実業家に各国の要人。来館者の目的は志方銀行の頭取である忍介の、ようやくの結婚報告を兼ねた舞踏会への出席だ。

懸案であった志方銀行の経営は、周囲の引き立てのおかげですでに安定し始めていると言っていい。これには咲子の力が不可欠だったと忍介は思う。

誘拐も、預金の流出も、妻が咲子ではなかったとしても起こりえた出来事だ。だがその後のゴールドスミスの尽力と、この舞踏会での見事な対応に限っては、妻が彼女でなければ叶わなかった。

「忍介さま、咲子ちゃん！」

入り口から飛び込んできたのは彼女の姉である峰子だ。忍介にとっては義理の姉にあたる。といっても、年齢は忍介より十八も下なのだが。

着飾った彼女の隣には、結婚式以来対面する義兄、慎二の姿もあった。峰子より先に眼鏡を掛けた彼と目が合って、軽い会釈を交わす。

咲子の父の秘書である慎二は、良太郎の塾で政治経済について学んだ男だ。つまり、忍介にとっては志を為すための布石でもあるのだが、その事実を知るのは忍介と慎二、そして良太郎の三人しかいない。

「姉さま、義兄さま！　来てくださったのね、嬉しいわ。林太郎《りんたろう》は大丈夫なの？」

咲子は峰子と手を取り合う格好で訊ねる。林太郎というのは峰子の第一子の名だ。

「たつが見てくれているから心配ないわ。お乳の時間があるからわたくしたちは早めに帰らねばならないのだけれど、すぐにお父様とお母様もいらっしゃるわよ。おふたりは最後までいらっしゃるって」

「まあ！　よかった、来ていただけるのね」

「今日のこと、お父様もお母様もとても楽しみにしていらしたの。特にお父様は、忍介さまの銀行のこともとても心配していらしたから。でも、ふたりのこの立派な姿を見たら安心なさるに違いないわね」

「本当?」

「ええ。以前は少しちぐはぐな印象もあったけれど、今はお似合いよ。どこからどう見ても夫婦にしか見えないわ」

峰子の言葉に、咲子ははにかんでこちらを見上げる。ほっとしたという表情だ。目が合うと、忍介はふいに懐かしさを覚えた。

こんな光景を前にも目撃した覚えがある。

いつだったか……ああ、あれは峰子の結婚披露舞踏会だ。あのときは義兄と義姉が主役で、忍介は咲子のダンスパートナーとして彼らの前に立ったのだった。

咲子は当時十三でダンスは覚束なく、ぎこちないドレス姿も可愛かった。こんな姪が自分にも欲しいと、あのときほど良太郎を羨んだことはない。

当然、一年後に咲子のほうから結婚を迫られるとは考えもしなかったし、ましてや七年後、本当に娶ることになろうとは夢にも思わなかった。

――分岐点はやはり、四年前の大捕物か。

忍介は引き続き来客を迎えつつ、懐かしい過去を振り返った。

＊

米国へ渡るひと月前まで、忍介は咲子をまだ子供として見ていた。

いかに咲子が美しく成長しようと、女には見えまい。幼い咲子を思い出すたびに、その考えを強くした。もう十六だと自分に言い聞かせてみても、どうしても印象が子供の頃のまま書き換えられてくれなかったのだ。

それはそうだろう。なにしろ咲子のことは、彼女が八つの頃から本当の姪のように可愛がってきた。いいところ、妹のようにしか思えなかったのだから。

劇的な変化が訪れたのは、そんなふうに考えていた矢先だった。

当時、忍介の頭を悩ませていたのは件の『令嬢誘拐事件』にほかならない。過去にしぶしぶ応じた見合いの相手が続けざまに攫われたのだ。

事件を未然に防がねばならぬという重圧に加え、忍介の心を真に疲労させていたのは被害者の令嬢たちだった。というのも彼女らは救出後、志方家はどんなやり方でのし上がってきたのか、成り上がりだから狙われるのではと、過去を掘り返すことに執心したのだ。

心から申し訳ないと思っている。彼女たちに何ら落ち度がないのもわかっている。それでもうんざりしなかったと言えば嘘になる。

すっかり辟易していたときだったのだ。棒切れ一本を携えてスリを追い詰める、女学生姿の咲子を目撃したのは。

「帝都の風紀を乱す輩はこの咲子が許しませんっ。神妙になさい！」

西洋人形然とした目立つ顔立ちに、信念を貫く強い瞳。眉をひそめる年嵩の人たちの視線をものともせず、彼女は他人のために怒っていた。

胸の奥にわだかまっていた感情に、一太刀入れられた気分だった。

――子供だと思っていたのに。

こんな女は見たことがないと、すっかり目を瞠った。

何故気付けなかったのか。求めていた革新はこんなところにずっとあった。忍介と付かず離れずの位置で、着々と花開くまでに育っていた。

彼女ならば妻として申し分ない。信念を貫くためなら周囲の批判に屈せぬ精神を持っている。ともに新しき世を望む気持ちもきっと……いや、どうかしている。咲子はまだ十六だ。自分とは親子ほども年齢の差がある。

傾き始めた気持ちを、忍介は何度も立て直した。

気の所為だ。今は衝撃の大きさに呑まれているだけだ。

だが考えれば考えるほど、咲子以上の相手はいないと思わされる。ふとした瞬間にあの凛々しい表情が脳裏に蘇ってきて、そのたびに魅せられてしまう。

（まったく、本当にどうかしている……）

熱病にでもかかったかのようだった。と言っても、忍介が本当に自分の感情に困惑させられることになるのは、このあとだったのだが。


「いやさ、こないだ咲子が街中でスリを追いかけ回しただろ。うちの学生たちがにわかに色めき立っちゃってね。先生の姪御さんは烈女だがきっぷがいい、ぜひ一度ふたりきりでお会いしたい、なんて言われて冷や冷やしてるよ」

そんなことを語ったのは良太郎だった。米国へ旅立つ前に別れを告げに行き、ありがたくない餞別を貰った格好だ。

「今更なにを……。これまで良太郎の家に出入りする咲子を目にしていても、誰も声など掛けなかったじゃねえか」

「うん、そうなんだけどね。よく見たら美人かもしれないって。若者は調子がいいよね」

「……よく見たら、だと？　おまえ、その事態を静観しているわけじゃねぇだろうな」

「まさか。学生の分際で、ぼくの可愛い咲子にちょっかいを出そうなんて百年早いよ。この黒田良太郎の目が黒いうちは下手に手出しなどさせないさ」

良太郎はそう言ったが、忍介はじりじりと苛立った。

若者の調子の良さに対してではない。咲子を女として見ている男がいると思うと、わけもなく不愉快だったのだ。それは、子供だった咲子を守ってやらねばと考えるのとは根元がはっきりと異なっていた。

咲子がいずれ美しく成長することは、もう何年も前から忍介の目には明らかだった。いつか社交界で周囲を見返す日が来ることは疑いようがなかった。

大切な未来図を無断で踏み荒らされたようで、面白くなかったのかもしれない。

（だいたい、咲子の良さは美しさでも、きっぷの良さだけでもない）

ひたすら真っ直ぐで素直で健気で努力家で、簡単には信念を曲げないところだ。そんなことも知らない若僧に、勝手に彼女を評価されたくはない。

つまり、忍介は知っていると自負していたのだ。

咲子を手に入れられる立場の男として、彼女の魅力を誰よりも。

だが、長年目を背けてきたという点では忍介も彼らと同類なのだった。

ずっと子供だと思っていた。結婚の話もいつか立ち消えになるだろうとたかをくって、本気になどしなかった。そのツケがこれだ。

――いっそ、約束を前倒しにして米国行きの前に祝言を。

そんな考えが浮かばなかったこともない。咲子を嫁として志方家に迎え入れてから出発すれば、割り込む輩も排除できる。

それを強引にでも実行に移さなかったのは、やはり『令嬢誘拐事件』が胸にあったからだ。自分の留守中に彼女を危険に晒すのは耐え難かった。そして忍介自身が何年後に戻れるのか、果たして無事に戻ってこられるのか、わからなかったためでもある。

本当は、待っていてくれと告げたかった。

おまえのためなら必ず戻ってくる。だから他の誰にも心を移すな。

もしも顔を合わせる機会があったなら、打ち明けずにはいられなくなるだろう。そうとわかっていたから、出国までの数週間はわざと黒田家には近づかなかった。

(待っていてくれ、咲子……)

こうして誤魔化しようもなくなった独占欲は、忍介に苛立ちの正体を悟らせた。

——咲子なら妻として申し分ないだと？　違うだろう。

咲子でなければ欲しくないのだ。

＊

知り尽くしたいという衝動はまだ忍介の中にある。咲子のすべてを把握して、安心したいと思う。だが、知れないことが不安を掻き立てるかというと、そのような感覚はもうほとんどなかった。

座敷牢での一件で実感したせいかもしれない。やはり彼女は光の下で生きるべき人間だと。でなければ、行き着く先にある破滅を垣間見てしまったからなのか――。

そんなことを考えていると、舞踏会開始間近にして飛び込んでくる男の姿が目に入る。

「咲子、忍介！」

ぼさぼさの散切り頭に寸法の合わない夜会服――良太郎だ。

「良太郎叔父さまっ」

咲子が顔を綻ばせて駆け寄ると、友人はとろけそうな顔で彼女に微笑んだ。

「やあ咲子、今日はお招きありがとう。ドレス姿も最高に可愛いよ。こんなに華々しい場所で舞踏会を開くとは素晴らしいじゃないか！」

「忍介さまがぜひ、この思い出の場所でと言ってくださったんです。ああ良かった、叔父さまに来ていただけて。てっきり叔父さまはこういう場へはいらっしゃらないものと」

「いつもは出ないよ。でも今夜は、大事な咲子のためだからさ」

「嬉しいです。これからは、親友の妻としても仲良くしてくださいませね」

もちろんだよと後ろ頭を雑に掻く良太郎の姿に、忍介は苦笑する。

おおかた、直前になって知り合いから借用してきた夜会服なのだろう。案山子《かかし》が浴衣を羽織っているかのようで肩幅がまるで合っていない。シャツもどこから引っ張り出したのか、よれよれでシワだらけだ。ひどい。咲子のためだと言うのなら、夜会服くらい早めに立派なものを新調しておいてほしかった。

するとと良太郎はふいに視線を鋭くして、咲子の斜め後ろにいた忍介を睨んだ。

「忍介、咲子を頼むよ。泣かせたらいつでも容赦なく根性を叩き直しに行くぜ。血さえ繋がっていなければ、咲子はぼくが貰いたいくらいなんだからな」

「……渡すかよ」

冗談めかして答えながらも、良太郎が本気でそう思っていることは承知していた。

この男は厄介だ。なにしろ咲子以外の女にまるで興味がない。そのうえ、彼女の幸せのためならば手を汚すことも厭わない。それが自分自身の破滅に繋がろうとも。

だから手綱をつけて飼っている。

「黒田先生！」

そこへ良太郎に声を掛けてくる男がいた。忍介より幾分若い夜会服姿の男——十分ほど前に挨拶を交わし、会場に招き入れた医学校の教師だ。

彼は忍介たちに軽い会釈をしたあと、良太郎に頭を下げる。

「姪御さんのご結婚、本当におめでとうございます。あの、先日は貴重な被験者のご紹介をありがとうございました。どうしてもお礼を申し上げたくて」

「いやあ、とんでもない。ぼくは未来ある学生たちの力になれたらそれでいいからさ」

そう答えた良太郎がこちらに意味深な視線を送ってくる。意味はすぐにわかった。咲子に聞かせるなということだ。忍介は咲子の背に手を当てて、さりげなく彼らに背を向ける。

「もちろん医学生たちは揃って喜んでおりましたよ。なにしろ生きている人間に実際の手術を施すのは久々でしたし、世界大戦に備えた生物兵器の臨床実験も――」

「ああ。きみ、その話は廊下でゆっくり聞かせてもらえると嬉しいなあ」

そんな会話がかすかに聞こえていたものの、咲子は友人に出くわしてあんぱんがどうのと会話を始めた。こしあんが美味しかったとか、粒あんもいいとか。

きっと良太郎の副業については気付いていない。一生、悟らせるつもりもない。

医学校への被験者紹介……それは国の医療の発展のためという大義名分こそあれど、少々痛い話になる。まず手始めに文句の言えない口にし、抵抗する気力を奪うところからして、咲子の耳に入れるにはふさわしくなかろう。

また、良太郎はこれを塾運営のための貴重な財源としている。家が貧しい生徒が多いため、運営費は自分で捻出せねばやっていけないのだ。こんな収入の得方もあると、耳打ちしたのは忍介だった。

そうしてあとへ引けなくなった友人を、忍介はうまく操縦している。

米国に滞在していた頃から、ずっと。

「咲子、時間だ。行くぞ」

友人との話に華を咲かせている妻を促し、忍介は会場の中心へと彼女を導く。周囲から聞こえてくるため息は、妻へのあこがれと羨望によるものだろう。

「本日はお忙しい中、我々のためにお集まりいただきまして誠にありがとうございます。皆様には紹介が遅れましたが、ここにいるのが私の妻、咲子です」

忍介がそう述べると、咲子は優雅なお辞儀を見せてくれる。招待客の視線を一身に受け、背筋を伸ばして。その美貌は西洋人形のような華やかさと、日本人らしい控えめさを併せ持つ見事なものだ。

彼女は今、国内外問わず誰の目にも、このうえなく美しく映っているに違いなかった。

ほら、やってきただろう――と忍介は心の中で密かに妻に語りかける。

おまえの容姿をからかうなんざ以ての外、誰もが美しいと言って見惚れる世が。

「志方咲子と申します。皆さま方にはまず、平素より主人を支えていただいていることに感謝を申し上げます。今後は主人ともども、どうぞよろしくお願いいたします」

四ヶ国語でそう繰り返した彼女に、惜しげなく与えられる賞賛の拍手。手を叩く人々の中にゴールドスミスの姿も見え、忍介は微笑んで彼らに応えた。

会場内にいる誰もが、もう咲子をお飾りの妻とは思っていない様子だ。むろん、今の彼女の平然とした態度を見ては誘拐の被害にあったとも考えられないだろう。

庭では、いつか回廊でふたり踊りながら眺めた洋灯が、当たり前の顔で灯る。

に望む。

「……なあ、咲子」

舞踏会も半ばにさしかかったところで、忍介はさりげなく咲子を二階のテラスへと誘い出した。会場内とは違い、テラスに人はほとんどいない。柵に手を置き、並んで庭を眼下に望む。


「覚えているか、俺の妻にしてくれと言って食い下がったときのこと」

忘れているかもしれないと思って聞いたわけではない。必ず覚えていると確信していたから訊ねたのだった。すると咲子は左隣からこちらを見上げて、恥ずかしそうに笑う。

「もちろんです。忘れられるはずがありませんわ」

この上目遣いは曲者だと忍介は思う。澄んだ大きな瞳が潤んで見えるからいけない。まともに見つめ返したら、理性は一分と保たなくなる。

「男性にあんなことを伝えたのは初めてでしたもの。ですが今思い出してみると、とんでもないことをしでかしましたわね、わたし」

「そうか？　おまえらしくて良かったが」

「ふふ。わたしもそう思います。とはいえ、やりすぎましたわ。後悔はありませんが」

軽く吹き抜けてゆく風が心地いい。時折、庭の木々が揺れて風の在り処を教えてくれることすら愉快な気がしてしまう。

「俺は……そうだな、後悔しているのかもしれない」

「まあ。何をです？」

「もしもあの日に戻れるなら、やり直したいことがあるんだ」

隣でただ不思議そうにしている彼女はつまり、もう忍介の気持ちを疑ったりはしていないのだろう。忍介だって同様に、咲子の気持ちを確信していた。

年上で財力のある男なら、咲子は誰が相手でも良かったのではないかと勘繰ったりもした。だが、それだけでは成せないことを彼女は成し遂げてくれた。今日のための努力を目の当たりにした今、自分への一途な愛情はもはや疑いようがない。

「……悔いているのは恋文についてだ」

「え……？」

柵の上に置いていた左手を彼女の腰に回し、体の脇に引き寄せる。と、風に乗って化粧品の甘ったるい香りが鼻を掠めた。六年前にはまだ違和感のある香りだったが、今の咲子にはちょうど良いもののように思えた。

「おまえがくれたあの恋文を、俺は突き返さずにきちんと受け取るべきだった」

述べた言葉にため息が混じる。そう、忍介は悔いていた。咲子から渡された手紙をすげなく突き返してしまったことを。

「せっかくしたためてくれたものを読みもせず返すとは、いくらなんでも酷かったな」

「そんなこと、お気になさらなくても。わたしも強引でしたし」

「いいや、俺が大人らしくなかったんだ。傷付けて、本当にすまなかった」

咲子は恐縮した様子でいいえと顔の前で手を振ったが、忍介の気は晴れなかった。

あの手紙も彼女のことだからきっと、何度も何度も納得できるまで書き直してくれた力作だったに違いないのだ。持ち帰ることになってさぞやがっかりしただろう……と今になって思う。思ったところで遅いのだが。

「それに、何が書いてあったのか、たまに知りたくてたまらなくなるときがある」

いくら動転していたとはいえ、せめて封を切っていたらこんな後悔は残らなかっただろうに。考えるだに悔しい。

長くため息を吐く忍介の胸に、咲子は左側頭部をそっと預けて言う。

「そういうことでしたら、もうご存知のはずですわ」

「うん？」

問いながら目を合わせると、口角を上げて彼女は言った。

「あのとき申し上げましたでしょう。わたし、頑張って覚えますって。お勉強も、ダンスも、お料理も、乗馬も、忍介さまがお好きなもの全部。だから妻にしてくださいって」

「ああ」

「それがそっくりそのまま書いてありました。何度も失敗して書き直すうちにすっかり覚えてしまいまして、手紙を渡すまでに全部言ってしまったんです。緊張しておりましたし、無我夢中で、つい止まらなくて」

なんだそれは。いくらなんでも可愛すぎるだろう。

堪えようとしたものの、一瞬あとには豪快に噴き出していた。

「……ックはっ、ははは！」

手紙の内容まで暗記していたのか。あまりに流暢にものを言うので、てっきり緊張などせずに喋っているのだと思っていた。あれで無我夢中だったとは……さすがは咲子だ。

声を上げて笑い出した忍介を見上げ、咲子は衝撃を受けたような顔をする。

「忍介さまが知りたいとおっしゃるから申し上げましたのに！」

「悪い。おまえがあまりに可愛いから、っクク、くくく」

「可愛くてどうして笑うのです！　もうっ、わたし、会場内へ戻りますからね」

左腕を振り払われそうになったので、両腕で搦めとり彼女を柱の陰に追い詰めた。華やかな場に置いておきたいが独占していたい、この相反する感情はどこから湧いてくるのか。

「逃がさねェと言っておいたはずだが」

咲子の顔の左右にゆるりと手を置き、忍介はさりげなく退路を断ってから囁く。

誘惑しているつもりだった。狼狽える彼女からどさくさに紛れて、口づけのひとつでも奪ってやろうと。

だが、定石どおりのやり方でどうにかなる彼女ではない。やられてばかりではいられないと言わんばかりに、強いまなざしを向けてくる。

「わたしこそ、逃げも隠れもいたしませんと申し上げたはずですわ」

その目に宿るしなやかな意志に忍介はまた魅せられる。喉の奥に残されていたひりひりとした渇きが、沁みるように潤う。そして誓わずにはいられなくさせられてしまうのだ。彼女が賞賛され続ける世を、これからも絶え間なく守ってゆくことを。

（……愛している）

胸の内で唱えて、誰にも知られぬよう密かに彼女のつむじに口づけを落とした。出会った当初は真下に見下ろしていた、小さな淑女の頭のてっぺんに。

窓の外に広がる夜の闇はちらほらと街に灯る光のおかげでやや淡く、日本の新たなる夜明けを予感させる。夜の帳は昔より高く下り、そこに人々の集う空間をふんわりと作り上げていた。

その夜を境に、志方銀行はみるみる勢いを取り戻してゆく。支店を次々と地方に置き、後世に名を残すまでに。そこに二代目頭取の妻の存在が大きく関わっていたことは、今更語るまでもないだろう。

【了】

あとがき

こんにちは、斉河《さいかわ》です。月日が過ぎるのは早いもので、ソーニャ文庫様からは一年ぶりの刊行となりました。三冊目となる本作、お手に取ってくださってありがとうございます。初めての明治時代ものです。と、宣言するだけで腰が抜けそうです。

時代ものに取り組むのは初めてでして、ちゃんと表現できていればいいなと心底ひやひやしております。楽しんでいただけていますように。

さて、今回は半分が王道のラブストーリー、半分がソーニャ文庫様的歪み展開という二部構成になっていました。どちらかが極端に歪んでいるわけではなく、ふたりの関係がいっときひずみそうになる、そのぎりぎりの「ひそやかな大人の歪み」みたいなものを書けていたら嬉しいです。

なんといってもおじさまヒーローです。

仕事に邁進するあまり婚期を逃してしまった……しかしがっつくこともないよな、という気怠い感じのおじさまキャラが個人的に好きでして、編集様に「おじさまを書きたいです！」とずっとお願いしていたのです。

三作目にしてようやく了承していただけました。粘ってすみません。

しかし書き始めたらこれが予想以上に険しく、唸りながら後半の展開をひねり出す作業に……なにしろいい大人ですし、銀行家ですし、我を忘れて下手は打たないだろうと。

テーマは「知」でしょうか。

知るにも種類が様々ありますが、ヒロイン・咲子にとっての「知」は知識。未来を広げて選択肢を増やすためのもの。ヒーロー・忍介にとっての「知」は現状の把握。未来を思いどおりの形にするための、要するに限定的な世界をつくる道具のひとつ。

大人になるに従ってヒーロー寄りの考えになる気がします。危機管理がうまくなるというか。裏返せば、転んだあとにどう起き上がるべきかを知っている大人こそが、真に魅力的なのかもしれないです。

そんなことを考えながら執筆する日々、支えは岩崎《いわさき》先生のイラストでした。

執筆開始直前に「イラストは岩崎陽子《ようこ》先生です」というお話をお聞きしたときは、光栄すぎて気絶するかと思ったのです。そのおかげで執筆中はどのシーンも、岩崎先生のイラストで脳内再生されるという贅沢な時間を過ごすことができました。

岩崎先生、素敵なイラストをありがとうございました。

また、今回とてもこまやかにフォローしてくださった校正者さまにも地に伏して御礼を申し上げます。お名前も存じ上げませんが、そしてこのような場ですが、本当にご丁寧にありがとうございました。感謝の言葉しかありません。

最後になりましたが、ご指導くださった担当様、出版社の皆様、デザイナー様、それとタイトルセンスが壊滅的な私のために一緒にタイトルを考えようと必死になってくれた大事な友人たち、いつも側にいてくれる家族にも感謝しています。

そして、お手にとってくださったあなたに重ねて御礼申し上げます。

またいつか、どこかでお会いできますように。

二〇一五年三月吉日　斉河燈《とう》

Sonya
ソーニャ文庫

この本を読んでのご意見・ご感想をお待ちしております。

◆ あて先 ◆

〒101-0051
東京都千代田区神田神保町2-4-7 久月神田ビル7階
㈱イースト・プレス　ソーニャ文庫編集部
斉河燈先生／岩崎陽子先生

おじさまの悪《わる》だくみ

2015年4月4日　第1刷発行

著　者　斉河燈《さいかわとう》
イラスト　岩崎陽子《いわさきようこ》
装　丁　imagejack.inc
DTP　松井和彌
編　集　安本千恵子
営　業　雨宮吉雄、明田陽子
発行人　堅田浩二
発行所　株式会社イースト・プレス
〒101-0051
東京都千代田区神田神保町2-4-7 久月神田ビル8階
TEL 03-5213-4700　FAX 03-5213-4701
印刷所　中央精版印刷株式会社

ISBN 978-4-7816-9551-8
定価はカバーに表示してあります。